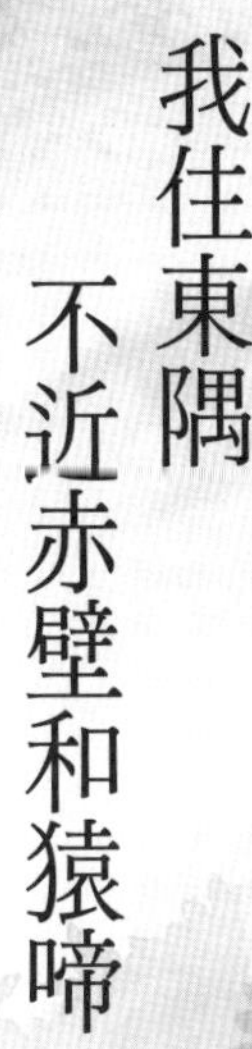

我住東隅 不近赤壁和猿啼

草川——著

獻給我至愛的娘子 Ellen，

也是一直在我身邊的老師。

推薦序　何妨吟嘯且徐行。

席輝　妹妹，香港女作家，詩人

當你坐在泳池邊。

突來的一聲，彷彿一道閃電擊中你。你噗通跳下水——兩手拍打水面，雙腳胡亂蹬踩，就在你兩眼發黑之際，一隻大手把你拎出泳池，甩兩下，再把你輕輕放下。

你既緊張又興奮——你終於知道如何跟水（困難）相處——通往新世界的大門轟然向你敞開。

這個鼓勵你下水和撈你出水的人，正是草川。

他和你，談文學、談人生、談生死、談宗教、談世界、談宇宙、……但他絕不是坐在搖椅裡，慢慢跟你聊，他是蹦著跳著來到你面前，鮮活靈動的，他陪你笑、陪你哭、陪你罵，再陪你笑。

你可以沏上一壺茶或沖泡一杯咖啡，捧書在手笑著讀；一併打開你的眼界和思維。

他早已跳出以往各類角色的框框，拳拳赤子心，他在書中所說：「六道輪迴，道道都是好朋友」、「對，我和眾生，都是好朋友，我們喝又熱又濃的豆漿去。」

他是個對生活，永遠保持熱情和好奇心的頑童。

東隅，使人想到：王勃，范曄，以及劉禹錫。

赤壁和猿啼，蘇軾，杜牧，兩岸猿聲啼不盡，輕舟已過萬重山。

他也提醒我們，小心塵世的紛擾，縱使時光流逝，仍要相信——能力可以做到的，就不受年齡限制。

自序　古渡

（那人為甚麼還站着呢？）
明朝在船下
你的衣袖裏還攏著
　醒酒時鬆了的箏絲
　一絲一柱
縛著揚州路，縛着張巡
而清朝也在船上
　便想起梳辮的昨天
塵在你的辮子
砌一場飄雪，讓你
不穿冰鞋的足踝走過
　故壘西邊
（那人為甚麼還站著呢？）

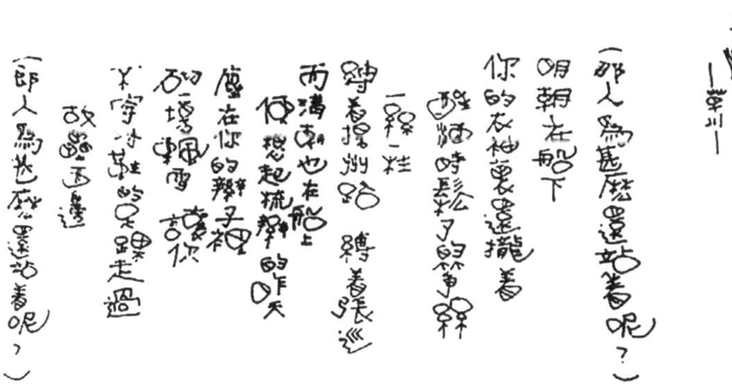

《古渡》
—草川—

（那人為甚麼還站着呢？）
明朝在船下
你的衣袖裏還攏著
醒酒時鬆了的箏絲
一絲一柱
縛着揚州路　縛着張巡
而清朝也在船上
便想起梳辮的昨天
塵在你的辮子裡
砌一場飄雪　讓你
不穿冰鞋的足踝走過
故壘西邊
（那人為甚麼還站着呢？）

閒談篇

閒情篇

閒遊篇

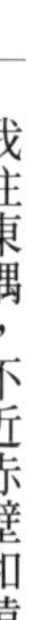

閒談篇

朋友從四海來，從未枯的湖，從仍有斜如懸梯的山腳來，我們邀飲，捕捉風來的腳，擁抱四季冷暖長短，巧笑兮兮的身段，我們欣賞臺上的藝能，不論天上，這是人間。

01

世情恩怨，向來不入輪迴，概無真假之分。

歲月內的時間，應該看作水簾洞外的瀑布嗎？

水落如撕碎的天河大江，數得點滴分明，明明俐俐，感覺塵世加有情，無非是個亂局，很難容得下半句真話，雪不來，霧不湧，露從今夜永遠不白。

中學牛王仔時期在基督教學校，上聖經堂，讀到耶穌先生教世人，被仇家一巴掌摑打右邊面頰，無所謂了，順手讓他對左頰再來一巴。

他媽的，那有此事，少爺如果正在耶穌老師旁邊，接過一巴，直接一個衝拳，跟著達摩老師親傳的連環般若掌，好事成雙，打仇家一個稀巴爛，盡顯乖乖徒弟本色。

插筆在口袋，摺張原稿紙在校褸斜口，突出一角，那是詩蟲時期。

有次去聽光頭上有六個印的和尚講經，大法師油光滿面，可能是中了三四次頭彩的神僧，對著滿座被黃面婆，娘子母夜叉，打了一個早晨的過氣水滸好漢，和房事嚴重不足的青面白額雌虎，說些不太實在，但超級好聽的所謂佛法：

那些折磨各位善信的因果，所有冤親債主，都是各位或修行者的菩薩啦，娘子相公，包涵包涵，萬事依她起性，相公不要時刻想性，生生性性，娘子也要遷就遷就，佈施佈施，萬怨萬緣，都應該在放下放不下之間，之類，等等。

於是諸天震動，窗外漫天花雨，大廳一股尿臭，乃一眾聽得不忍離席的大媽大叔遺溺。

世情恩怨，向來不入輪迴，概無真假之分。

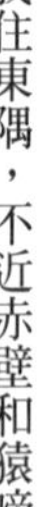

曾經喜歡看一部電影：甘地傳。

吾友甘地的不抵抗主義，也是耶穌先生那一套：你們愛我媽，好呀拿去拿去，奉送小三小四，娘子和岳母也可以給你，慢用。

看到甘地老哥在印度獨立初期，排解回教佬和印度教教徒，在絕食過程，東尋西覓，終於找到了比十八卡全美鑽石，更值錢的人性，烏啦啦，絕食加上不抵抗主義，那時期居然行得通。

本人也血淚流滿面，非常感動，登時就想飛去加爾各答或孟買，做個甘地繼承人，況且北印度狐狸，有雅利安人的血統，高鼻大眼，皮膚白，帥晶晶得緊。亦不妨向釋迦老師學習，老師稍後由尼泊爾王子，變身成蓮花生大士，一口氣娶了六個娘子。

本人說去就去，馬上想奏明娘子，說明苦心，娘子地位永遠不變，其他是侍候的丫環，長期的義工。

好在旁邊的乖鼠一把拉住，說：老爹，印度萬萬去不得，話知你幾百世前是婆羅門貴族。

我問：Why？

乖鼠說：印度恐怕并無每年公開的池賽海賽，你是不休的泳手，即使可以練水，九成只在恒河或有恒河水的泳池，頂得順嗎？

你如今戒了食牛，但之前牛食太多，咖哩牛，牛雜粉麵，牛尾牛骨，牛扒牛鞭，烤全牛……

可能牛族一早下了追殺令，說不定一到了印度，那裏只有惡之極也的聖牛，你迅即被牛角挑起遊街，跟著肢解，做了人肉火鍋料，怕嗎？

本人低頭想想：對，好漢不吃牛族虧，且慢去印度，去伊朗也是一樣，幾千年前雅利安族，一派去了旁遮普，另一派去了伊朗。

不過天下形勢如此，武松想吃老虎肉，恐怕在景陽崗遇上了再說。

下世再來，憑今生幾十年的古惑手段，做個鹹花生大士，又有何難度？

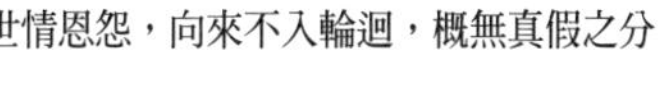
世情恩怨，向來不入輪迴，概無真假之分。

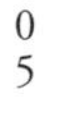

02

渡年如日，坐此浪看彼浪，愧無魚躍兮，江河無湧。

最近可以再飛來飛去，游來游去，也可以坐在房間做冥想，在灘上和海床下做止觀。

有個老粗爛口的偶像，梁山好漢李逵，兩把豬肉刀，插在袂頭位置，常問大哥我：（先刪去被禁的十八個字粗口）菩薩是不是可以橫行無道？（又刪去五十四個字）。

好漢且慢動手，其實菩薩也者，不過是導師而已，幼稚園，小中大學的教授先生，牧師神父，導師好友，都是菩薩身份，層次階級分明，至於有沒有神通，也是修回來的呀，即使身有神通，仍是尋常百姓。

各位街頭好漢會講八十個字，不常不斷的極品爛口，已經是菩薩修不到的境界。

每月例會出巡，行行重行行，雲霧來去，隨行的娘子常常在航機窗口，替雲彩拍照，大哥我想問她：有拍到雲上的菩薩嗎？

其實一眾菩薩，也分學士碩士和博士班，幾個過氣妹妹，入寺修行，受了菩薩戒，大概可以成為穿梭維度次元的嚮導，身份大不同了，至於是不是要秉任強銷主任，那也難說得很。

懂得在人乘層次起修，已經很了不起啦，起碼知道三四次元空間是甚麼東東。

一般人唸過甚麼佛經的善信還可以吹吹牛皮，前些年還有朋友考考本人，甚麼是：懺？

羣唸是不是很有效果？例如對一瓶乾淨水說：我好愛妳，於是水裏面就有些漂亮的圖案。

這類特別美麗的傳說，在Youtube也看過，而且有國際的認可性，乖乖，起碼也感染到我，每次練水，上岸之前，在水底做一個擁抱的姿勢，好像對一羣看不見的小小狐狸說：愛妳呀。

其實怎麼樣的圖案，大爺我也看不上眼，最好是ＡＶ女優的映像呀。

記得有次一個跟斗又去了臺灣，交功課，也喝杯教授愛上了抬花轎遊戲的喜酒。

席中有個博士朋友，一向知本人頗有兩三度佛來兮，佛去兮的散手，於是學足了晉惠帝的口吻，問：何不去做菩薩？

本人正在吃一片，臺灣永遠比不上香港的脆皮乳豬，笑得像貓，說：他媽的，人世間樣樣好做，就是菩薩最難做。

現在的人類，早就是變了種的馬騮呀，不顯神通，說你沒斤両，畧顯神通？說你無牌玩魔術，告你一狀。

有幾個兜率天同期的學兄，趁假期在香港行街街，買些手機零件，居然也被當地六扇門的弟兄，法辦了三四次，罪名是意圖遊蕩，或問中有意從旁非禮女生，蓄意被虐待，及強調暴力有理，種種連馬克斯叔叔也想不出來的佛法，真有創意。

所以菩薩也只有胡混地過日。

市面不景氣秉沒有人性，菩薩飛上天嫌靜，躲在地嫌亂，甚麼神通都比不上一個手機，團年拜年，派紅包，叫外賣，打機，看四五個X的電影，偷偷地下注跑馬和足球過關，贏錢後把銀兩留在馬會戶口，神鬼不知，這就是實在的神通。

渡年如日，坐此浪看彼浪，愧無魚躍兮，江河無湧。

03 果在懸枝，枝垂猶未落，只供猿輩可摘。

之一

準備在被窩點一把火的早晨，終於在未變成爬蟲之前，勉強可以起來，最想喝一杯熱咖啡，馬上想起一首叫做：熱咖啡的香港流行曲，以及原唱那個港臺皆熟悉的演員，不是她的身型，而是她的本人。

幾十年前，第一次本人上電視臺見工，第一個遇到的演員就是她，在長廊碰見，兩個人對望，竟似上世曾經熟悉過，說來連自己都奇怪，她的表情也很奇怪，彷彿遇到相熟的朋友。

那些年，這位後來成了香港電視臺，首席明星的大姐大，當時還在爬不起來的電視臺，飾演一些八婆大孀眼中的吱吱喳喳，現代小婦人之類角色。

到今時今日，仍然很討厭這位老姐，在電視臺十多年，緣份很差，最初一面就是最後一面。

之二

在岸上家中，行街街泡下午茶，這幾天真是受罪，上星期還似在曼谷，熱到舌頭有汗，也有個避熱，叫做睡房的空間。

但到了晚上，不雨則風，可憐大哥我皮薄脂肪少，凍得我，胡不歸兮似隻龜，最暖的地方只有一個，是游泳池。

未游過冬泳的兄弟妹妹不會知道，這種天氣，海水比岸上更暖，落水之前一刻，比餓足十日更難捱，捱得住，噗通一聲，肥豬跳落水，狂游兩個不呼吸的來回，變成一隻在海底的龍蝦，但願明年春暖時再上水。

果在懸枝，枝垂猶未落，只供猿輩可摘。

我家會所的泳池是暖水，所以跳下去之後，根本不想上來，反正每隔一段時間又有泳賽，女兒乖鼠越來越似一條圓溜溜的海豚，這才可以解釋她為甚麼游得如此快和去水。

記起一個相命朋友的話，他說我這兩年遇火大不祥，他媽的，以前說我一生無火不暖，但人已黃昏之後，又轉了口風，說逢大火之年，小心身體，分分鐘把你燒成人炭。

所以早些時打定輸數，閒時講講我的快樂葬禮，朋友以為是我的古怪言行，錯啦，隨風而去，何需家人淒淒涼涼送一程，乖乖，連骨灰也不需申請海撒或園撒，晚上拿出去海邊，靜靜迎浪一倒，隨浪而去，何等瀟灑，而且近年也少食豆腐豆漿，恐怕舍利子少過新鮮的恐龍蛋。

前兩天，和這個在香港很火紅的命相專家朋友通電話，我說：這一年我連傷風感冒都沒有呀，要我來一把火燒了你的相命館嗎？

他問我最近幾個月做了些甚麼？我說轉行不打網球了，改為天天練水和比賽。

他說：對啦，是水養了你的身體，救了你一命。

大哥我仰天長嘆，如此生涯，如此命。

04 夢不是唯一的行李，寸心寸土，另加千段回憶。

歲月是否虛度？

只怕他日跟親人朋友說拜拜，帶得走，也只不過是一大堆亂夢，像臺灣孟庭葦姐姐的歌：冬季請到臺灣來看雨，夢是唯一的行李。

改一改：別後，請來奈河橋上看雨，夢是忘川裏面的游魚。

好讓大家得知，本人已經逐漸從大藏經，和甚麼宗，甚麼相中走出來，他媽的，人的皮相是離不開的，要不要墜入輪迴？當然最好不要。

但每個人的修行層次有多高？永遠留在眾星之間？自問可以嗎？

雖然似乎無聊，也有些開懷之處，本人每日練水時，拖著把大雨傘，會所的妹妹，望望外面沒雨呀，問我：官人為甚麼帶雨傘游泳？

我說：冥想呀，游了三四千公尺之後，一個鴨式下潛，坐在池底，把傘張開，隔著了池水，就有個小小的空間，靜坐冥想，跳出三界之外，不在五行之中。

小妹妹問：真的嗎？

信不信大哥我沒有所謂，但這個小妹妹，從此也叫我大哥，而且兩三月後，當我的雨遮爛到撐不開，她馬上給我換上另一把，不信？

我的女兒是最好的見證。

在冥想時想起相學老師的話，他說：你這小子，命是倒轉的，越老越爽。

我問：老師，我的命途中，狐狸多不多？

他說：多也敵不過老虎和老鼠。

夢不是唯一的行李，寸心寸土，另加千段回憶。

他媽的，家中只有一隻娘子跳跳虎，和一隻亂馬二分一的女兒乖鼠（亂馬是女生，只要一碰到水，立即變成男生）老師說得真準。

不瞞各位，哈你老友，這一年來，常常以為早晨清早起來，是在另一層維度，被兜率天的校監大棍敲醒，罰抄一萬次：我以後不敢對菩薩班的女生，有非份之想。

人間雖說只有解之不盡的繩結，但悲歡離合，也是值得品嚐的味道，自從很多可以在風中跳馬的年輕人，也會突然離去，我還有甚麼好輸？

晚飯常常有娘子半小時弄出來的六菜一湯，三人食，十人份量，我對女兒說：下次池賽，替我報了所有個人項目吧。

她說：老爹，你準備自殺？

他媽的，根本沒有死亡這回事，一段旅程而已。

05

今日有情，命轉如河川，終於抄襲昨天的狼群。

武藝高強，但出奇地苦命的林冲先生，八十萬禁軍總教頭，突然飛來橫禍，緣起災來，被命運趕到絕，這個豹子頭有句名言：英雄有淚不輕彈，只因未到傷心處。

香港人當然未到英雄級數，還停留在樹熊和浣熊之間，現下也未必到了最傷心之處，有兩三個閒錢在身的老哥，起碼還可以逛逛泰國，馬來西亞，咖喱蟹和肉骨茶等著你老兄，貓山王榴連惹味得很，曼谷的金魚缸，果然有令你心如蠢鹿的金魚，來次人體按摩，不壞呀，熱風薰得狗熊醉，直把曼谷作香港，不過是舊些時的香港。

去年出外回來時，不免受隔離之苦，雖說只是十四天，坐臥傻對一室無字畫之壁，他媽的，連壁虎也不爬過來打打招呼。

有朋友說：十四天小事，閒來跟九百年前追不到的狐狸羣手談，打打麻雀，研究飛機的型號之類，可以，可以。

我說：恭喜恭喜，這是你的井，你的叢林，你的家園。

你的偶像，也許是那些年的法國炮兵團，由小頭頭升呢了皇帝的拿破崙，與我無關。

大哥我在前年大病圍城前，還去了兩次馬來西亞和曼谷開會，回來後心頭的一團火，變了一堆雪，是一杯少糖少奶的雪糕奶昔。

這一兩年天不逢時，人不逢運，有朋友和大哥我飲茶咬包的時候，總是大罵山門，間中一碟雞札，一碟排骨，幾乎就此梗死。

大哥我說：算啦，命途猶之蜘蛛結網，怨甚麼？

轉眼又過了復活節和端午節，看來本地百姓和耶穌先生相似，年尾前烏雲蓋頂，每一日都是水滸傳的後現代離奇事件。

就不知何時被宋江哥哥，賣豬仔，全部人押上太平山上的法場，否則被釘在十字架上，居高臨下，威風得很，轉眼復活，風騷依然，但屈原先生沒這種神通了。

吾友瘂弦先生的詩中名句：今天的雲抄襲明天的雲。

只怕今年下半年，天空只有一堆堆不知是想落雨，還是落大小便的雲。

總之英雄和狗熊，浣熊和北極熊，樹熊也好，可以不戴口罩，擱淺在自己房間，對著一幅沒有貝殼和寄生蟹的海灘，陽光和剛剛貼上去三點式狐狸的海報。

做人不必多福多壽，對嗎？

今日有情，命轉如河川，終於抄襲昨天的狼群。

06

緣的境界，是荒原之內，默默地成長，迅即變成不知名的大樹。

老師說：有情世間，離不開三種人。

第一種人是：窮得只有物質和金錢，經常和這些事物結緣。

第二種人是：窮得只有精神和非物質的享受。

第三種人是：窮，但是身體非常健康，大病一場的機會等於百分之二十。

當然三種人不可能在一生，都沒有其他兩種享受，但最終到下面地府的會計師樓計數時，還是如此分類！

這三種朋友，時不時都在本人前半生的歲月出現，而且也不算是特別的公眾人物。

在我年輕泳手時期，經常陪個有三四條貨船的老年朋友游水保健，四季無休，親家是城中銀行大亨，他常說一出生，已經不愁衣食，而且是極有的一種。

第二種朋友更多，不愁愛情生活，人很懂得浪漫情調，有些藝術氣質，但從來留不下幾分錢！

認識一雙兄弟，都是知名工程師，高薪厚職，但到了月底，口袋比清洗過的魚缸更乾淨。

第三種也多，本人幾個弟妹是實例，身體甚好，從来沒有甚麼大病，連小病也不常有，但其中兩個話走就走，始料不及。

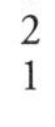

上面是指緣的區域，還得加上每種人的層次，運氣和境遇，要寫出來，是一本長篇小說的巨作，留在他日本人退休後，有緣動筆再說。

個人的經驗所得，若放在命相專家的招牌下，剝皮去骨，仍然是命準七成，相只三分，個人修為是百分之五十。

所謂子平命理，難分層次貴賤。掌相雖只三分言準，但可判出品格高低，個人層次，若是持心改性，或能扭轉半個乾坤！

所以各位看官朋友，無需埋怨時運不濟，所遇非人，每人的窮通壽考，並無註定如此這般的道理，萬法萬像，豈在千變如雲砌的景觀，驟然像因果般的繁雨輕風，如此而已。

惟心可改？只怕也是你情我願的傻想。

07

正負能量之途，果然疾如星殞，快如水的嘯聲，岸上人聲。

我們的色身，百分百，包括內外器官內臟，都是由原子和原子核構成，而原子的成份，永遠生生滅滅，不生不滅，色身并無實體可言，而體內和宇宙場很相似，既有Energy Net（能量場）Aura（氣場）以及對抗重力的Anti - Gravity（抗力）。

九十年代和一位紅頂商人，大集團老闆，肥頭豬耳朵，在北京全聚德咬填鴨，咬得烤鴨吱吱響，好傢伙。

他大哥說過一些增強能量的祕訣：

是遠遠避開破產的朋友，走下坡悽慘的舊相識，這樣才可以保持自己的正

正負能量之途，果然疾如星殞，快如水的嘯聲，岸上人聲。

能量。

本人當時只好大笑三聲。

這好比曹操在卡你媽的ＯＫ房間，遇上了董卓，只好應酬應酬，對方是六扇門大檔頭，為你老哥準備了三千元人仔一両的安格斯牛扒，公安部長也吃不起，不看僧面，也要賞一丁點面子他的肥頭。

當然我沒有告訴這頭粉紅大豬：兄弟，你錯了，連能量和氣場都搞錯，恐怕勢頭運氣一轉，挨宰的時刻快過秋天的滾雷。

一個命相也秉修佛法的大師好友，他對氣場能量，是另類說法：

肯和走下坡，遇到打擊，甚至天打雷劈的朋友共享憂患歲月，一飲一啄，即使彼時季節冰雪如磚，冷雨彷如瀑布，你給與這位失盡運氣的朋友，一個輕輕的擁抱眼神，勝過所有經典上說過的因果，也直接提昇你老兄的體內氣場，因為你做了無畏佈施。

氣場和能量是兩碼事，運動和活動增加能量，能量可以製造體內的重力，對抗時空的拖累，此之所以，一個運動員真的不易衰老。

他媽的，凍齡？

這種吹牛的事，不過是藥商加龜殼宣傳文章的御製鴻文。

運動也者，也絕不是每星期天往公眾泳池大浴缸，浸浸腳，洗洗五寸長的指甲，三寸寬窄的泳袂，青蛙跳湖的動作跳水，蹼一聲，乃古詩的押韻，勁。

吾友愛因斯坦的著名物理學方程式：E=mc2。能量可以因速度產生物質，物質和能量是可以互換的，也可以增強你老哥的氣場。

但如果說自己的氣場，會受別人的氣場影響，這等於你去看電影：金剛大戰哥斯拉，金剛跳下觀眾座位，順口把你的頭顱咬下來。

正負能量之途，果然疾如星殞，快如水的嘯聲，岸上人聲。

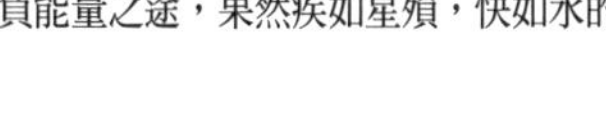

08

笑對如此荒唐，如此歲月，也總好過半壺殘酒伴孤身。

老師在宗鏡錄說得真好，很多喜歡鑽研佛經的修行人，只要過了些少火位，下一生就變成學者，教授，哲學家，諸如此類！

這還好些，更麻煩的是變了四五成正人君子的怪物。

早些年在生意場合，就遇到不少這類怪怪地的人類，外表目不斜視，坐下來，飲杯茶，食碟鳳爪排骨，三十分鐘之後，馬上動了心癮，先來幾句古人金句，和左隣右里的座中客搭訕，看你老哥是甚麼底子牌子。

在大陸的商路之途，時有不合胃口，不對嘴型的雅會酸菜之集，大多是主家一番好意，推卻無由，只好和這些得獎文人胡言亂語。

由中學教科書的內容，說說文起八代之衰，罵罵李白杜甫，讚美追求道姑的李義山，笑笑口，好，好，比唐寅的傳說中的八美更有種。

李白先生飲醉了酒，跳江撈月，浸死了嗎？

我看未必，自我失踪而已，證據之一是沒有證據，連飲飽水的屍體也找不到，這條最喜歡持劍嚇人的詩蟲，也許早就已經有潛水牌啦！

李白根本不想被強迫做政治人物，百分之九十九有可能。

唉，但願彼此愚且蠢，不詩不文好過年。

幼年時在軍人老爹監管下，讀了十幾年古文古詩，諸子百家，三字經，千字文，唐詩，宋詞，明曲，清小說，無一不精，終於令心態有點失平衡，好，要學學老友李敖，專去探查這些聖賢，臭腐儒，壞鬼文豪的私隱。

所謂大人物的瘡疤，有證有據，私事瘀事，原來恐怖過五十年代，西環高

街上的精神病院。

有次和老爹吹水，他是黃埔軍校的學生，總是涕淚交流地，讚揚校長如同真神亞拉，如何抗日救國，捨己為民。

終於忍不住，我說，老爹，你那個何其偉大的校長，曾幾何時也只是股票市場的混混，古惑仔，專業陳世美，機會主義者。

好在老爹瘦如神仙，只激到滿眼噴火，未至中風。

本人最喜歡和正人君人起鬨，最好他娘子在旁邊，死得更快，其次是佛門大師，早幾年本人最喜歡像提婆老兄，未遇到龍樹菩薩之前，專找學佛的大爺踢盤。

其實古往今來，佛門中人，有幾多個真材實料？

聽說臺灣有兩派佛門大師，一派傳統，善信越多越妙，佛法入世入俗。

另一派相反，力捧南傳佛教，認為巴利三藏才是正宗佛教，根本沒有所謂大乘，更不是人皆是佛。

大哥我長年在泰國，認識大堆當地的南傳佛門神僧。

所以只有給這兩派兄弟四個字：大家理念相同，自應以和為貴。

不要說鳩摩羅什先生譯的經典，甚麼楞嚴經，楞伽經，唐老三譯的瑜伽師地論，艱澀難懂，到了文化極點。

柳宗元加上蘇東坡父子，再加蘇州四大傻子也未必讀得通，天下的寺院，無非長期是一羣只懂唸幾句佛號的善信，剃光了頭的管理員，今時今日，恐怕依然改變不大。

大家都是從瑜伽學派出來的自己人，先後的同學，如此而已。

先前佛教協會會長趙先生說：任何國家的文化，政治和宗教都不可能分離！

笑對如此荒唐，如此歲月，也總好過半壺殘酒伴孤身。

他老兄早走了幾年，否則請他看看外國的劇集：權力的遊戲。

大陸在一千年內，相信也不敢開拍這類關於宗教和政治的劇集。

他們初期的文化智識，早已被郭沫若之流割去了一顆睪丸，文革十年，又被文攻武鬥，搶去了另一顆，變成空有其表，一直以來，只有狂補谷上大腦的A貨賀爾蒙，應了當年諸葛老師形容文人的金句。

大哥稍稍粉飾：枉有一鐵。

09 生死茫茫，又何必邂逅然後兩不見，蓋只是煮乾的一葉浮萍。

本人素來不大忌諱談生論死，并不是無所畏懼，相反，本人怕死，怕痛也怕冬天的濕凍，怕黑怕鬼，當然特別是怕窮，雖則早就不喜歡所有名牌的身外物，女兒送給我的鬚後香水，也像殺蟲水，噴噴洗手間，睡房，香奈兒的味道，當然好過吾友寧波車的西藏藏香。

小妹妹問，甚麼地方沒有靈體？

大哥也要反問：甚麼地方沒有靈體？

不請自來的靈界兄弟妹妹，大多表明不是寃親也非債主，蓋陽世之債自當

陽間算，他媽的，情過境空，甚麼孽緣愛恨，九十生之前的恩仇，蔥花卷裏的扣肉竿頭，碟去菜汁空，洗得乾乾淨淨，有甚麼業力可計算？

早幾年在北京，幾個法師和大哥談因果，說因果是發出去的後座力，一拳打出去，五百磅，等於土著的回力鏢之類。

大哥我說：一拳打出，可以向空氣可以向人，作為老友見面，可以代表善意，當然也可以代表報仇雪恨，打你一個稀巴爛。

日後你練成大力金剛掌找我報仇，但是我已經移民非洲，做了獵頭族的酋長，即使找得到我，我肯定快一步，在村口把你劏乾洗淨，準備做一百幾十斤人肉潤腸。

因果之道，不是這樣簡單的，好歹請多讀物理和外星人的歷史，再找大哥講法不遲。

反正怕生怕死，不如不怕，慶生慶死都是一樣，不是大哥我生來涼薄，我幾個親弟妹，四年內走了三個，最幼一個先走，走前溫馨，難得拖著他們的小手，親情眷戀，小時候的枝枝節節，年輕時的心結計較，忘記得比雲過後更晴空萬里。

轉頭已經黯然而別，寂寂無語，倒也不覺得有任何傷感，大哥我不信人死如燈滅，這類故作瀟灑的屁話。

有個比楚霸王更硬淨的球友，去年臨終，還做了耶穌兄弟的信徒，嚮往西方極樂世界，我在她的耳邊輕輕說：看到真有極樂世界，找晚回來告訴大哥。

她居然還可以對望歡然一笑，真是最好的最後一別。

不再是我的弟妹，不再是奔走滿場飛，巧笑兮兮的球友了，這只不過是人型外殼，不值得多看一眼，真正的親人業已站在雲端雨國，笑面如花，閒時節還會通通手機，說聲珍攝。

生死茫茫，又何必邂逅然後兩不見，蓋只是煮乾的一葉浮萍。

10 商路寧教崎步而行，避踏閒樹亂草，偶可分花踢蝶。

安居在港的兄弟妹妹，做人做生意，十之八九，不會是常隨人願，常常是本末倒置，所以隨緣兩個字，合情合理。

有些商家朋友，未到廉頗和黃忠之年，已經被迫退下來在家扮演木牛流馬的角色，被騎了兩三代，最後連騎者的屁股也記不住。

大哥我到黃昏之年，才在馬來西亞打打商戰，打了三四年，也足足上了一個難忘的商業長期課程，順帶結幾個善緣，比賺一兩袋臭錢更實在。

之前在東京和大阪，都是看緣在那裏，腳就在那裏，最大的收獲，漁網所落，志不在魚鱒，而在海怪，電影的社團陣勢看得多，以為是導演哥哥一廂情願，原來現實中果然如此。

日本人對中國的儒學，果然是情有獨鍾，但社團之學，威儀陣仗，相信沒有聖賢可以教得出來。

日本人犯了一個補天無力的大錯，挑起一場跳落沼澤的戰爭，除此之外，的確是可敬可畏的民族。

文化，音樂，藝術學術，物理，思想，真是世界級數，而且日本人的傳統，多半來自中國，特別是孔孟時期的儒家，青出於藍，芥川龍之介，夏目漱石，村上春樹，他們的文化可是一氣呵成，一脈相承。

反而我們的文化是層層疊疊，被舖床單，枕頭拖鞋，都是不同顏色。

順便告訴一個罵大哥看不起儒家的妹妹：儒家也分成幾段時期，孔孟之前是春秋大霧，與其說是群雄，不如說羣痞。

商路寧教崎步而行，避踏閒樹亂草，偶可分花踢蝶。

董仲舒是蛻變了的儒家份子，膽粗粗，教傾人城國的賭徒，學做乖乖生性的上流貴族。

到了宋明清的儒家，潛伏的人類天性大爆發，儒黨相爭，窩裏反，六親不認，沒有感嘆，只有唏噓。

修行道上的朋友問：

有甚麼理由下世可以不回來？

到你老哥凡事物都敢深愛，又隨時能捨，江湖上萬般事物，放不放入眼簾胸臆亦無所謂，再回來還有甚麼可怕。

11 世道崎嶇，長街冷巷如劍之兩面，人鬼難容。

不少中外電影，不同故事的內容對白，真是頗有啟發性，有部人魔對立的荷理活電影：康斯坦丁，演員是際遇傳奇，性格超然的基洛李維斯。

很欣賞裏面一句對白：魔界其實早就入侵人間每個角落，這部電影是：魔間行者（Constantine）。

無論任何宗教，由古至今，任何形式的宗教何能倖免？

近期也有部更激心，更來自真實記錄的同類電影，教廷的驅魔人（The pope's Exorcist）。

同樣說魔界入侵了宗教。

其實撇甩了形而上，摸不到的空間靈界，走回理性的青青草地，又頗多感

嘆，他媽的，究竟作死作孽的是人，還是魔？

早兩天看過耶穌的高徒，有特權身份的大數人，使徒保羅的傳記電影，感動到恨不得明天一早，就回到教會，做個領禱人也好，飯堂的洗碗洗碟也好，再找個紋身高手，把耶穌哥哥和十二門徒的最後晚餐紋滿全身，當然還有抹大拉的瑪利亞。

但也記得另外有部在航班上看到，而未有在香港上映過的電影：希帕蒂亞（Hypatia）。

主角是大哥我的偶像之一，曾經做過盜墓迷城的漂亮考古學家麗素（Rachel Weisz），她這回是真正歷史上的人物，數學家和天文學家，四世紀亞歷山大，帕拉圖學派的領導人，科學與文明并進的學術教派。

耶穌哥哥釘了十字架又復活，之後西元三一三年，羅馬古惑帝王君士坦丁，在政治層面，把基督教列為國教，形勢不再是耶穌哥的大博愛，而是大報復，基督教會以極端的殘忍手段，包括亂石擲死，甚至釘十字架，連孩子也不放過，趕絕了其他宗教。

希帕姐姐當時已知道地球是圓的，天上的星宿也不是上帝用來派街坊，這種說法，終於在西元四一五年，招致她死在基督教的石刑之下，行刑的教徒，甚至包括她的學生和追求者。

中古時宗教的黑暗歷史，人魔不分，席捲整個有情世間，與其控訴創教者，不如控訴人類，大哥我也很喜歡一部電影：普羅米修斯，外星人創造了人類，稍後又想利用異形消滅人類，為什麼？

我對跳跳虎和乖鼠說，有時也希望流星再撞地球，他媽的，粥粉飯麵，酒色財氣，一拍兩散，四大皆空，把淨空了的地球交還給恐龍，早早了帳。

12

色相無痕，何必枉說日夜，顏色無框框，亦只黑白蛻變。

看官不妨對號入座，不苦讀古代文學詩詞，而能寫出好詩好文，真是電影魔戒中的哈比人之夢。

儒家的半腐乳朋友，罵大哥哥看不起古代文學，只喜歡單單打打。錯了，沒有傳統文化的起點源流，何得有今日的創作？

文化藝術永遠在超越和蛻變之中，不能說古勝今，因為現代文學，有古文化無法企及之處，今天的有情世間，可以用上幾代的古雅文字，寫物寫實，演譯今日的心態和愛戀情懷嗎？

古代的衣裝再漂亮，你老哥有膽，甚至組團週街去，相信不是黑犀牛準備咬死你，街頭巷尾的野味火鍋店，已經想好如何把你切片做湯底，難得找隻偶遇的食蟻獸。

沒有古文基礎，那能搞好自己的筆底？

無論唐詩宋詞元曲的境界，論張力和層次，遠勝過今時今日的三腳龍貓，我常常對想寫些好詩的學生說：不參透古代的詩詞深邃，猶之以豬油洗面，一生朦朦朧朧。

詩詞歌賦，就是新詩也好，現代詩也好，筆在心隨，順手就可以寫出一篇篇散文的基礎啦，那需要七步成詩？三步已經是死蠢。

但小說是例外，讀破十萬本古代經典，只怕不能靠想像寫出動人的故事，雖然很多愛情小說，出自連拖女生手仔經驗也不多的豬頭朋友。

色相無痕，何必枉說日夜，顏色無框框，亦只黑白蛻變。

愛古之人依然在，封建社會畢竟空，今時今日自由思想，不必藏心。閒時節，吟幾句消化不良的之乎者也，看看珍藏十代的仇十洲春宮圖，善哉善哉，不過問心，日本歐美的AV電影還是高出一班，吾師之一帕拉圖說過：最美的事，莫過於避世靜居而不失遐想。

阿彌陀他媽的佛，食古而化，一條假辮子，一身明黃便服，一把摺扇，搖頭晃腦，嗡嗡嗡，五律七絕，押韻打油，乾隆皇亦不外如是，甚至摺扇換長劍，仿若陳家洛帶領紅花會豪傑，出外計程車，地下鐵，悉隨尊便。下午公園散步，扮扮公公或錦衣衛，五更上床，講句：娘子請先上床，速速寬衣。

他媽的，比江南的排骨型俊彥更浪漫。

有幾個教授好朋友，都喜歡閒時多寫仿古絕句，工整的對聯，問大哥我的意見。

我說不懂，我真的是半懂不懂，他們也很客氣，說：現代詩他們也寫不出來，不懂。

哥兒們互相尊重，撫掌大笑，文人本應這樣，不是用筆劃花對方的口面。

色相無痕，何必枉說日夜，顏色無框框，亦只黑白蛻變。

13

老虎狐狸，莫非是林中裁剪，不由輪迴不由心。

本人自從過了ＢＢ期，懂得用文字和語言表達感覺那一刻開始，馬上埋頭找尋生死輪迴，道家神仙，耶和華及其家族，真神亞拉，釋迦和龍樹老師，觀音姐姐，維摩詰叔叔，等等，好找尋一條意識不死的路。

到後期連愛因斯坦，波耳和霍金哥哥，卡爾榮格的生平著作，都打聽得一清二楚，甚麼催眠專家，問米婆婆，三世書嬸嬸，全是本人的調查對象。

以本人的經驗和經歷，似乎意識不死是可信的，雖然道聽途說，講鬼講怪，九成是姨媽媽姑姐，隔離檯書友老作的故事。

我的確是親身看過，現場發生的離奇事件，其中一件是發生在家人身上，挖瘡疤的故事，不想說。

另幾件是我在非常清醒所見，所以之後，遇到有些朋友說自己是陰陽眼之類，本人大笑三聲，他媽的，真實的事件豈是如此簡單，怪不得孔老夫子說，怪力亂神子不語。

自己知道又何必說出來！

朋友問，死後最怕是甚麼？我答是失憶，有些修行的朋友認為，前生事何必記憶？

傷心事，糗事，瘀事，記得更難堪，但本人認為，甜蜜的回憶，親切的家人知己的音容笑貌，帶到下世又如何。

有些人更講得可愛，他媽的，你死後過奈何橋，不喝孟婆那碗湯就得啦。

我說，其實記憶力特強的人是可以的。

尋常人可以記得二三十年，同時同月同日的事嗎？

不要說小事，大事也記不住啦，何況是在下世母親肚裏，在海水裏浸足九

老虎狐狸，莫非是林中裁剪，不由輪迴不由心。

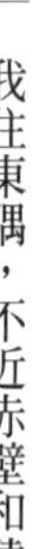

個月，一出來第一眼看見穿白袍，戴着口罩的怪物，登時嚇得三魂不見七魄，何況菩薩尚且有隔胎之迷，凡人算甚麼？

不要寃枉孟婆啦，前些時我那個在去年午時之前，洗白白，稍後乾乾净净坐在椅裏，五分鐘就走了的二弟報夢給我，說孟婆她老人家在橋上，不只賣一種湯啦，有周打魚，龍蝦湯，正宗羅宋湯，還開了咖啡專門店，藍山，慕加，卡巴天奴，門前中英大字橫額，寫着本店出品，絕無添加導致失憶之迷藥，或其他成份。

各位看官，敬請積極行善儲德，博愛，浪漫地去愛，亂愛也可以，最重要是愛你的家庭和朋友，包保你下世還儲存著，今生溫馨可口難忘的記憶！

14 棄書盈車，一書一壺眼淚，慘如十八相送。

有書滿屋，搬遷換廚，不得不忍淚送別，堆得上劏房一樣大小的手推車，一尺路便是一碼長街，只覺得熱淚盈耳盈臉，他媽的，三百五十元的名牌恤，滴滿汗和淚，比起當年梁三伯小弟弟的十八相送，簡直是不可比喻。

小弟弟山伯，那時送別的，不過是在床上相睡十八年的木頭，英臺妹妹。

大哥我和書本可是飲茶咬飯時，相視而笑，比最愛的番茄炒牛肉更親密。半夜四五更，還彼此相擁而睡，甚至和書本裏面至愛的新識舊友，打場四人橋牌，唱唱京劇，歌仔戲，看三點開播的歐聯足球，有時撫掌大笑，人生境界，莫過於此。

送到了垃圾站，每拋一書，真是一書一聲珍重，一個叮嚀，說句：各位忘年知己此去未竟，英魂未遠，這就請經常書訊不斷，以前邂逅相逢，執手論賭波賭錢，猶之相知甚深的朋友，仍請車如流水夢如地鐵，大哥我奉上絲襪奶茶，二合一名牌咖啡，外賣鴛鴦炒飯，伏惟尚饗。

有個好朋友問：為甚麼不賣出去？

大哥我一記隔山打馬，大般若掌，打得他一時三刻離開了香港。香港肯看書的人不會超過百分之二十，包括成人雜誌，漫畫卡通，一堆堆又酸又宿的儒家金句，聖賢留下來的象形文字，也可能有些和大哥我的詩集相同的作品：

一隻青蛙上了

龜姐姐的床

我的眼睛是暴龍

喜歡的橡皮糖……之類，等等。

這是比大陸的所謂得獎作品，好九萬倍的詩句。

一本書買回來，好歹是一百幾十，一二十年，儲存了幾多心願柔情？十元八塊賣出去？

所以，包公哥哥的狗頭鍘，果然有多少理由，加一把豬頭鍘也不嫌多，蓋買賣二手書的人等於低價買賣了窮人家的兒女好友，查到了非大鍘幾次，碎如肉醬不可。

其實坑儒也者，就是坑這等之愚痴死蠢，以前的傳聞，真是搞錯搞錯。

棄書回來，也不忙叫印尼姐姐煮好些地道的炒飯加旦，粟米餅，煎牛肚，咖喱人肉之類。

好友魂兮歸來乎？

我的六十尺禪房秉瑜珈密室，行將坐滿幾十個維度的人物星相，早就多過

棄書盈車，一書一壺眼淚，慘如十八相送。

維摩詰老師，在房間和銀河系騎士，開戰署會議的陣仗，他只有一條銀河系來的訪客，況且他奉客不過是香飯一碗，他媽的，寒酸得很。

馬上吩咐印尼姐姐，再來些芒果糯米飯。

大哥我的維度何其多，棄的書，沒有一千也有幾百。每本裏面有多少宇宙奇兵？正好再組織新一代復仇者，聯同DC的正義同盟，把文藝復興時代，再搶回來。

15

我說民族，不外是落難的有情，際遇飄浮一如細雪霧雨。

遠古的聰明民族，其實并非希伯萊人，而是現在一窮二白，慘過要住劏房，日日準備破產的希臘人。遠至斯巴達，阿歷山大大帝時代，他們的思想界非常驚人，宇宙的四大元素和混沌理論，最先是他們說出來的，萬樹齊植，把荒野超越，還原成人聚的市集。

亞里士多德先生，他的形式邏輯論，仍是當今邏輯界，和佛家唯識，中觀派的柱石，缺一不可！

曾經介紹所謂形式邏輯論，矛盾律，排中律，還有一個是：同一律，意思

是：說對不一定是對，必須擺在面前，做了出來的才算數。

用一個例子說清楚一點：

某位小哥對某位名校校花，一遇之下，驚為姮己，朝思暮念，想到和這位姐姐上床百次，走火入魔，動念動手，直到某年某日，因緣而遇，終於得嘗所願。

好了，這帶出兩個問題，首先是唯識家的看法，這是等於這位小哥已經起了淫心邪念，做出意識方面的惡業，是因，會產出惡報的果。

但原來這個姮己姐姐對這位小哥亦有好感，一拍即合，報應是揚帆出海，證明并非惡業！

這就是說，所思所想，估計和預期的，一切都不實在，亦無自性，只有做出來之後的事實，帶出來的情形，才是真正的局面，這是中觀行人的論點！

不要以為這是譬如，真人真事多得很，一個中學朋友，經常走學看早場電影，入九龍城寨睇四仔看豔舞，壞事想盡，但他追名校女生，終於和這個女生進了教堂，做了愛妻號的船長，并無花假！

其實只要你大哥有七情六慾，總不免為世間的環境，局勢，潮流，和複雜糾纏不堪的恩怨所苦，假如稍起不正的心念都是一種惡業，會有果報，恐怕全世界的有情都不得好死，包括動物園的熊貓和侏羅紀的恐龍！

佛教協會早期的會長趙先生，有次和他在北京談到唯識派的八識，我說，防止修行人的淫思邪念很簡單啦，乾脆一刀了事，閹了算數，保證從此沒有情慾上的煩惱，反正中國幾千年是傳統的閹人大國，人有淫邪之念，也許是需要閹的，君不見歷朝的閹人太監，激勵之下在歷史中產生何等大事？

有見及此，馬上籌備寫本：如何閹割修行人的心法，參加明年的書展，請幾個大德站場見證，肯定其門如市！

我說民族，不外是落難的有情，際遇飄浮一如細雪霧雨。

16

胡言亂語，仍可置於枕側入夢，只擾蓬萊不罵天。

能力可以做到的，就不受年齡限制。

這本來是一部電影：奇幻逆緣。裏面的對白，和吾友村上春樹的金句何其相似。

一個外國銀行佬朋友，十幾年跟大哥我飛來飛去，平時難得做東請我飲杯藍山咖啡，本來也有些看他不起，娘子跳跳虎常對我說：相公老爺，算啦，這是職業病。

他退休後，有次專誠邀請大哥我去看一個劍擊學會的賽事，其中有老人家的示範賽，他媽的，雖則是老人家，七老八十，也頗有墨西哥汪洋大俠梭羅的風範。

其中一個就是這位孤寒銀行佬，後來他告訴我，劍擊是他六十歲之後才學習的，六年後成為教頭，現在學習國際象棋，準備五年後參加大師賽。

另一個上市公司的朋友西門吹雪，中年可能吹雪太多，終於在入暮之年六十五歲，娘子怕了他，兒女棄了他，癌症愛上他，最後醫院收了他，妻離子散，損友九十九個無情，第一百個是我。

情在債也在，探他時替他剝個新奇士舊橙，一瓣瓣送入他的口內，眼見這個那些年前，曾經在風花深湖游戈過的好漢，現今雙目流淚，他媽的，也不好意思向他討債。

當年教他如何捕狐追兔，談笑中，邀飲如茶濃不絕。

當下只有鼓勵他，奮起洪荒之力，一腳伸開醫生病床，眼看狐狸遍野，差

利卓別靈叔叔，畢卡索伯父，八九十歲仍餘力未盡。

不如由大哥我穿針引線，開個最大買賣狐狸交易中心，當然一億美元英鎊，要給大哥我這個中介。

事過三年，大哥我去了曼谷做了寓公，以為這位哥哥已經去了奈何橋，榮昇忘川游泳會館保安頭頭。

忽然一個電話，半島酒店茶座，這個早以為死翹翹的獵狐徒弟，變了健身教練，頗有荷理活警匪片的猛賊型格，身邊有儷人勝過畫中黃山的俏娘子，真勁。

他告訴我，剛在外國拿了三項鐵人的大師獎，服未？

天算不如人的雄心如浪，心不死自然可以浪翻十層，佛家說把心修得好，華髮變黑，策騎贏千里的北風，又有何出奇。

本人之前被疫情困得媽媽有聲，但不忘發心，由明年開始，每年兩三本詩集文集，年中無休，且看十年八載之後，誰與爭鋒？

現下叨光養晦，練水參賽，好歹在有生之年，邀請六七八十年代的泳手，搞個橫渡太平洋海峽接力，以證明老兵不死。

胡言亂語，仍可置於枕側入夢，只擾蓬萊不罵天。

17

世上不外緣起，緣散再不起，相逢依然陌路。

在這個姑且暫駐，四季彈指即過的城市，來去驟然，本人形容自己的此刻心態，是兩句幾十年前對好朋友說過的話：

從未適應這裏的生態環境，今時今日依舊不對口型。

晚上三更後，經常有些飄入房內，討杯濃茶喝喝的靈界朋友，他們是中陰身形態下的有情，擁有能知過去的神通，先來個形而上上的熊抱，我問：為什麼本人一直不喜歡此地？

大多回答是：他媽的，是你自己揀來這裏的，自作自受。

作為我的朋友，大概分為幾派，決然不錯：

第一派，認為每個人的命早已經定下來的，躲不了，任你如何痛悔覺悟，知道佛之也者，并非一個東西，而是一個形容詞，之後斬了手指腳甲，東剪西裁，也逃不出上帝的劇本劇情。

他媽的，即是說：有個上天高層次的導演，攝影師，燈光師，按照劇本拍足你的一生光景，你是主角，亦即他人的配角，最多你發心做些好事，善長施主，乖乖，拍得你順眼一點，靚女靚仔，請速埋位。

導演一聲：開麥拉。

第一個鏡頭，BB出世。

第二派自然是宗教派，宗教也分兩派，一派是求生派，即使是安心保命，也真心去唸對白，做錯了事也勇於下跪認錯，偷情偷心最多偷六七成，他媽的，殺仇人時也用藥不用鋸，之類。

世上不外緣起，緣散再不起，相逢依然陌路。

多些祈禱多些食素，雞蛋皮蛋也不吃，唸佛時，也暫時不看ＡＶ，不想隣家路上的狐狸，似乎上天堂，晨早白粥炸兩，總好過下地獄食腿蛋治，雖然可以烘底，拜託。

另一派開明智能得多了，蓋如果每個人的命，都是天王老子定下來，三條交叉路上，兩條放了恐龍喪屍，只有一條死翹翹的路好走，又何必去修？修甚麼？

吾家米芝連娘子造飯煮菜，也會心血來潮，重手些加鹽落醋，相公花心時落多幾片慢性毒藥，乖乖的時候，咖喱雞翼改為雞脾，加大碟黯然銷魂荷包蛋，那能一定要照劇本演戲？

本人曾經是職業編劇，交劇本之時雖然嘔血成缸，監製大爺御覽批准，改三四成或重新再寫，要看他的心情。

如此這般，即場發揮，又叫演員自己機警，到上演時，恐怕只有四成像原來的劇本？

明買的豆腐，變了可以加糖的豆腐花，回家後加糖水，糖粉，他媽的，加蜜糖都可以。

我常常罵命是整定的那類人，是天閹的人棍，也罵喜歡光明的人，是最偉大的笨蛋。

不是掃興，光明永遠千萬不要和黑暗比較，輸足幾條長街，不信嗎？

18

千次囑咐，寧入輪迴三惡道，不做皇帝豬一頭。

有次跟我家娘子，女兒乖鼠閒話狐狸之外的話題，談甚麼？

我們談：做皇帝。

相信各位看官，會直接想起，一個在粵劇長期出現過萬九次，也拿過九萬次甚麼獎的風流皇帝，史上最強的玩家天子，明朝的十一任皇帝，朱厚照武宗，正德哥哥。

此君由小朋友到大哥大，在深宮胡混了三十多年，做羅馬角鬥士的豹房，細時了了到一個奇點，到大時更壞，花樣百出，搞搞狐狸過癮得多呀，於是闖入江南所有靚女的閨房。

這個封自己做朱壽大將軍的短命皇帝，根本就沒有遇過李鳳姐，龍鳳店的故事，無非是騎馬過大海的文人老作而已。

正德哥哥的金句金句金金句是：遍瀏江南美女。

真的是呱呱叫，滿街跳，隔了幾百年，他沒有機會叫我一句兄弟，真失敗。

本人每晚在二三更靜坐之前，總是讀讀古靈精怪的中外歷史，雖然比之關雲長先生夜讀之儀容，無鬚可拂，自有不足之處。

蓋相學老師千叮萬囑，叫大哥我一生千萬不可留鬚，否則壽不能過二百，況且本人也很討厭留鬚蓄鬍的古人皇帝，當年口舌招尤，經常和被我嘲笑的鬍鬚小弟，由街頭打到街尾，血流成河，滿地斷手殘肢。

拜歷史之賜，原來世上最慘情，作孽之多，沒有朋友會可憐的人，就是古時的皇帝。陰功做盡，殘忍殺戮，雖然不過是表面一層，實質卅無昏君明君之

千次囑咐，寧入輪迴三惡道，不做皇帝豬一頭。

分，皇帝身邊的那一堆宦官權臣，才是幕後大奸仔，儒家知識份子的所謂士大夫裏面，無非是一大堆臭蟲。

漢朝把貂蟬姐姐作為魚餌，肢解了董卓和呂布的王允先生，表面上忠君愛國，大仁大義，稍後打回原形，仍是一條爭權奪勢的儒家渾蟲。

如果有個朋友對你說，給個皇帝你做好嗎？

你大可一記劈空掌加裂頭腳打過去，此乃最惡毒的詛咒，歷代皇帝，不管精明或是蠢貨，總有大把天文數字的人因皇帝而死。

如果真有輪迴，做豬做狗的，就應該是這批皇帝。

當然，如果他說：讓你接收皇帝的後宮佳麗如何？

乖乖，這才像一句人話。

最喜歡胡言亂語的特朗普先生，在訪問時，被問到有關劊子手的問題，他答得真是一針直到血管，他說：古往今來的統治頭頭，有幾多不是劊子手？真痛快。

19

這是恐龍也不敢來的城市，但遲早是乖乖豬的世界。

若不是這場拖拖拉拉，彷彿沒有盡頭的傳染病，大多數的修行人都不知道，由於早兩年沒有運動，不能游泳，打網球，也害怕和來自故鄉的親人打麻雀，打邊爐，打遊戲中各型號的飛機，終於出現了食得太多的後遺症。

本來在猿人時期的尾巴，可能又重新在我們的pat-pat後面長出來，證明了達爾文叔叔的理論，猿人不但會變成人類，也可以由人變成豬類。

因為二十八小時戴口罩，嘴和鼻似乎開始同時拼合地生長，而且照鏡的時候，看見有雙笑得迷人的豬眼睛。

過去兩年，常食的一間名店，一個熟識的部長妹妹，長年戴口罩，只看見一雙杏眼瞳孔，美目盼兮，乖乖不得了，閒中遐想：就是找個媒婆，三四袋臭錢，大紅花轎，大紅燈籠高掛，聘不到就用搶，大不了找華格納僱傭兵公司，搶她回家，乖乖，就是在夢中也笑到跌落床。

他媽的，皇天不佑有心人，年初解除口罩令，飛身去探望這個蒙面妹妹，一看，妹妹下半面是小豬嘴，乃天蓬元帥家族成員，登時哭倒在地，稍後叫僱傭兵把這間食店拆了，省得再記起傷心事。

慢慢也看見女兒乖鼠的臉，因為沒有比賽，越來越像光蘇大餅，她和花鼠團隊，稍後參加農展會的最佳家禽選舉。

而一向不運動的娘子，變成吊睛白額肥虎的日子還會遠嗎？

吾友存在主義大師卡繆先生，他的小說裏，落在蠻荒部落的城市人，要不斷變易他的心態，才可以面對他存在的世界。

這是恐龍也不敢來的城市，但遲早是乖乖豬的世界。

昨天奢華的城市人，明天開始進入五衰時期的天人，不需要有預兆和警告。

只好積極地準備，多讀些存在主義，或黑格爾先生的辯證法。

早年大哥我自認是悟空，伸手落袋，順手把凝結的青蔥歲月放在面上，馬上就有三十歲的心態。

他媽的，一個像蜥蜴爬來的農曆新年，又來了，之後，彷彿西遊記再次重演。

雙城記的狄更斯，在手機留言給大哥我：這是個被人落了降頭的城市，去年有個油炸臭豆腐的秋天，煮燶了日本米的冬天，現在是吸血殭屍跟著你的秋天，真正變成一隻動物的日子還會遠嗎？

20

世界如此荒謬，英雄與狗熊不妨稱兄道弟，去看看黃昏晚霞。

慢慢就明白海明威和川端康成先生，一眾前輩行家，為甚麼要從小小的一個槍管蟲洞，親自去看清楚天堂和地獄的真相。

香港買不到來福槍，把自己打到稀巴爛的樣子，似個露了餡的紅白色蓮蓉包，唉，不要啦。

倒是希望在泳池池底，做止觀時，突然醒覺，該要走了，於是一個跟斗出了定，搖頭逕過一千里，扭腰三百有餘程，洗了白白，也算走得乾乾淨淨，好歹保持三分白臉忠臣的樣貌。

一個好朋友拍檯大罵：他媽的，枉你是修行人，遇禍即愁，真失禮。

一想，罵得我真好，沒有練水足足兩年零四個半月，離水不樂，現下解封，馬上去海灘練些基礎功夫再說。

記得去年隆冬的海，真像凍肉跌在乾冰內，即使有保暖衣，也起碼要挨十分鐘，非人類可以忍受的時刻，讓雪凍如刀片刻膚的海水，逐寸從衣邊爬進來，然後慢慢燃暖心臆中的血管。

不能不佩服女兒乖鼠，她可以不穿保暖衣在海水狂游四千公尺，我家娘子正在揀選黃道吉日，替她刺幾個大字在pat-pat上：宇宙超鼠。

每個人就是這樣，懶洋洋的日子太長，渾身的筋骨脊椎，像上海隔宿三四天的炸油條，隨時可斷成一碟蛋散。

一想油條，記起每次在臺北開會時，住的酒店對面，就是街市，每朝有條買油漿粢飯的人龍，臺灣妹妹常帶我和娘子去吃早餐，各式的煎餅，鹹甜豆漿，網球罐差不多大小的油條粢飯，香噴噴，香港任何街頭街市，都找不到如此的食檔，還說甚麼美食天堂，呸，美食個屁。

但是這段疫情之下，強迫式的懶人假期，也不是全無正面效果，大哥我起碼學懂了幾種積極的做人方式。

首先是傭人菲姐不能回來的時候，學習如何鋪好一張床，各位萬勿見笑，由一張床冚，拉開躺平，換枕頭套，到把裏面的被心拉出來，轉一個被袋，五六分鐘內，你說可以搞定，而且整整齊齊？

好，送你名牌手袋皮包十個，再加來回車馬費，請各位兄弟妹妹來我家試試。

其次是不敢長看手機，除非你老兄想去學盲人按摩，或者從此不看ＡＶ，拜託。

今時今日的香港，已經是個不那麼浪漫的城市，也許可以用幾袋臭錢，買

通所有國際文學獎的評判，包括和世衛同級的諾貝爾獎，之後衣錦還鄉。

鄉愁？香港人只怕早沒有鄉愁了，區區一個諾貝爾的獎金，恐怕買不到名廈的車位。

或者直往地獄接些大型項目吧。

ＡＶ夢工廠，奴隸中心，會員制賭場，到時說不定連南天門也可以買得通，一條私家通路，天堂地獄五天遊，他媽的，這種生意真做得過。

想到這裏，真乃豪氣干雲，義薄雲天，烏煙瘴氣，殺人未滿百萬的小小疫情，算甚麼？

21 緣起豈只千千結，一結百年，解結不是凡間事。

甚麼叫做放下？

吾友李敖先生告訴我，曾經兜口兜面罵過一個香港名家，武俠小說高高手，由零到臭錢億萬，就是不拔一毛，助他拼搏天下的兄弟，放不下呀，筆下浩瀚如印度洋加太平洋，佛經通透如掌上原子筆，有甚麼用？

更巧的是，大哥我有個乖徒弟的老媽，是這位名家的同鄉，咬飯之間，爆了他家族一些古惑行徑，他祖上兩三間抵押大當，專門扣住人家值錢的衣物首飾，陰功傷盡。

所謂歷代從龍的侍臣，算了。

好朋友放下，掙扎潦倒的記憶可以放下，形像造型更可以放下，偏偏臭錢和情慾放不下。

真是過造後的北京大蟠桃，一口咬出一條蟲。

萬緣放下放不下，其實沒有關係，各人頭上，不過是自己構思出來的一個井口，井口對上非雲即藍天，偶有候鳥掠過，雌雄也看不出來。

間中出去海德公園，找塊石頭，載過蘋果的木箱，站上去誦經說法，介紹九萬年前的電影科技，記憶中的漫畫卡通，喪屍出籠，等等。

自有間情閒時的聽眾，和一堆看看他們，是否同族的公園下棋，色迷迷伯伯。

禪宗中人常說：心如木石，乃可入道，木石也者，即是實心衣櫃，更加沒有放下放不下。

我對高僧大德說：你老兄有了一顆如木似石的心，遇緣不應，緣藏不放，還修個屁佛。

很多修行朋友的經驗，修心是最難修的，而且不在緣裏修心，你還可以在甚麼地方去修？

恐怕這又是後來古惑佛經的A貨菩薩，加上去似通不通的金句。

人世間只是一個物理世界，說是老千世界亦無不可，天天年年在變，底面日日不同，包括你我的面貌性情。

也可以說這世界永遠在騙我們，緣也者，不過是魔術師變出來的棉花糖，你我都是魔術師的徒弟，走的時候，把道具袋藏在唯識中人說的阿賴耶識，下次回來，再裝載些更先進的道具歸去，週而復始。

要是助手靚女，名利親情可嗅，恩怨可恨，他媽的，當然更快回來，更放不下。

世情看得穿？

那裏有這樣容易的事。

善緣也好，逆緣也妙，業力也者，看作一條條，未算好的數學題好了，緣散緣聚，最重要是看看這條數，算清了沒有，錯了當然請你再算，不設留堂罰站。

不急呀，輪迴過程萬萬世，請先食粒大白兔糖，多給你白兔仔蓋印，閃咭，唐咭，四季可賭，歲月可拼，人間任何有情，永遠有賭徒的性格。

22

世間固無定法，修行可以無欲無求嗎？南暖北寒，仍可圍爐共煮。

最近趁聖誕假期，和很多宗教界的朋友見面，有主內兄弟，佛內兄弟，真神亞拉兄弟，排排坐，食個菠羅油！

主內兄弟妹妹，大概沒幾個知道本人早在四十年前，已經受了洗，官拜團契團長，問及有部電影，神王帝國，這些兄弟站在教會立場，大鬧這部電影。

我對他們說，信主的人，胸襟要放大一些，信甚麼都是一顆愛心，又不是讀考古學，否則整本聖經，不過都是一本傳統而又尊嚴，又他媽的複雜的童話故事，何況聖經也者，最初是教會一眾創教者挑骨頭般，揀選出來的版本，此外還有以諾三經。

裏面的內容，變成救世密碼，預言，外星人或教會創作的文學作品，兄弟，你信得邊種？

中世紀的教會，確然做過很多傷天害理的事，燒死眾多說地球是圓的物理學家，和幾千個被認為是女巫的婦女，包括被法國佬出賣，英國經羅馬教會默許，而受火刑的聖女貞德，想到這裏，不期然馬上扯火，雖然貞德後来被教會封聖，有個屁用！

大哥很早些年就討厭法國佬，話知法國文壇的現代詩，是執世界的牛耳朵。

特別是有次去巴黎談項目，中介人是開口法國主子，埋口是法蘭西老闆，又娶了個法國小妹的中國移民。

他媽的，換皮不換膚，奴性到了春秋戰國時的一個點。

有段時期，本人苦讀聖經和關於神學的書，連可蘭經也讀了，為甚麼？一方面是為闖盪江湖，見甚麼人講甚麼話，早年時在印尼做大買賣，拜訪回教長老，差一點就變成來自香港的長老。

在新加坡和回教波友打網球，他們每打一球好球，叫一句阿拉，我當然也叫一句真神偉大，所以經常食了很多餐免費咖喱羊肉！

讀了多年佛經，終於懂得大開中門，歡迎上樓傳教的朋友，明教也好，摩門教也好，印度的性力教，密宗的紅黃白花，請呀，迎入客廳，奉上咖啡或茶。

叩首叩首，做你們的弟子，可以娶幾個娘子？

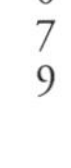

23 狐媚亦不外是有情，趣逢日月，寄居線裝書。

狐狸其實是褒詞，只有千嬌百媚，豔驚四座，身材呱呱叫，一笑傾人家，再笑佛跳樓的女人，才配叫做狐狸，被大哥我叫狐狸的妹妹，可以死得開心了。

小時候活在澳門，黃昏飯後，一枝箭衝出巷尾空地，講古佬今晚說書：封神榜大結局，姜太公怒斬九尾狐。

早早就聽人說過：漂亮的女人是有尾的，是狐狸變的呀。

我有次家中老媽的麻雀牌局，嘴尖臉方的上海八婆，她帶來的嬌俏丫環入廚沖茶，少爺我藝高人膽大，輕輕捏捏她的pat-pat，她居然不叫出來，望我一眼，你壞啦。

我說：看看妳有沒有尾巴呀？

她想想，又笑了一下，捧著茶壺出去，他媽的，她的大辮子搖搖擺擺，真像狐狸尾巴。

封神榜最後，自然是姜太公這個老烏龜斬草除根。

講古叔叔說到：

劊子手換了一百幾十人，始終對妲己姐姐不能下手，他媽的，最後由姜尚太公，親自把這個還未知是人是狐的絕色靚女斬下頭來，登時橫風暴雨。

這時候，羣童洶湧，幾乎把講古的江湖佬，看成姜太公養的老烏龜，亂欖齊飛，眼看就要死在鹿臺之上。

好在講古叔叔腦筋轉得快，馬上說：妲己本來是女媧娘娘身邊的九尾狐

狸，死不了，一刀斬下，不過是臭皮囊，真身已經回劉三十三天以上啦。

雖然如此，多年來、由少爺逐漸變成牛王頭，中年又是商霸，始終難於想像，一個女人漂亮到甚麼地步，才稱得上狐狸？

尋尋重行行，大江南北，東南亞，澳洲到希臘，看不見呀，外國地方，只見一羣羣大肥白豬週街跑，而且皮膚粗如鯊魚皮，摸上去剮損手，他媽的頂她們不順。

終於柳暗花不明，在泰國倒有一堆身型非常狐狸的果子狸，乖乖，倒也不壞。

老實說，若然有甚麼人棍淫棍，在大哥面前，說他自己觀狐甚多，本人大笑四聲，叫左右的手下大棍趕他出去。

24 順緣逆緣，是一枝可以兩頭燃燒的蠟燭嗎？

先說一個真實而帶點傳奇的小故事，三個星期前的泳賽，中午時分，本人和女兒在香港城門谷游泳池，斷片十秒鐘，發覺手上的銀包，奇蹟被變走，這是一千零一世，從未出現過的怪事，沿路尋找了多次，打定了輸數。

十分鐘後，停車場的守衛站姐姐一個電話，說有人把我的銀包交了給她。失而復得，喊到不能收聲，彷彿和十七歲時，愛到入心入肺的女友重遇，還是處女。

事後幾個古怪問題：

守衛站姐姐怎會知道我的手機號碼？

銀包裏的銀両一文不失？

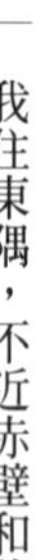

泳賽完畢，再經過守衛站，相距三四小時，一望，不是交還銀包的姐姐，問她，她說由中午開始在這裏當值，沒離開座位，真古怪。

算是甚麼類型的際遇？

老師說，修行的人，善緣逆緣都應該結結，好過避緣獨處，一個好朋友問：如果結的是不易擺脫的逆緣，甩也甩不掉，怎麼辦？

大哥我把網球板往他頭上一拍，他媽的，有分別嗎？始終都屬於緣散緣聚，這條必算不可的數學題，計算好了，彼此互不相欠，你我再不掛牽，給你一百分，計算錯了，重頭再來，不單是男女感情，世上的纏綿不清的禍福因緣，莫不如是！

朋友說：不對呀，一大堆事和物，但今世已無餘生，恐怕下生又沒有導航，況且菩薩也有隔胎之迷，一出生，前生事忘得乾乾淨淨，這條數可以計算出來嗎？

說甚麼都好，由你老兄心力營做出來的業力，沒有老師和教練可以教你如何擺脫。

去教堂也好，佛堂也好，學堂也好，他媽的，常去了九龍塘的時租房間，轟烈而亂踩地雷的愛情，像意大利歌劇鄉村的騎士，幾年後厭戰回來，遇到有了相公的舊愛，因上再加因。

總之一場糊塗。

鄉村與騎士的故事，明早要和人家的相公決鬥，前夕夜深，只有下跪向聖母祈禱，死實嗎？

又未必，瑪利亞姐姐通常站在真愛的一方，根據傳統的慣例，被挑戰者可以選擇決鬥的方式，如果是我，當然是選擇在海上，很可能死的不是我，劇本是絕對可以改寫的，只是自己放膽去改寫，不必理上帝是否知道。

又是狐狸一樣的女人帶出來的禍害。

境界層次是由你的根器，和後天的創造力而產生的，雖然女人是不可能沒有的楔子。

讀過一套極度情色版宮本武藏，裏面說得真好，一些劍客遠離情慾，惟恐沾污了修劍術的心態，

特別是在決鬥前夕，一百個裸體的夢露姐姐在床上，望也不望。

另一類劍客相反，要利用情慾淨化自己的心性。

其實現今的運動界也存在這兩種說法，各位兄弟相信那一種？

正好說明，善緣可結，逆緣何嘗不能結，佛家講十二因緣，其實任何因緣都是不實在的，所有因緣而生的事和物，都是先順後逆，或是反反正正。

原本以為叨老爹之光，早在四五十年前來臺灣植根生蛋，好歹掙個部長級大爺做做，娶個空中狐狸，不亦快哉？事實不然！

又以為和臺灣緣份計算清楚，蝦餃燒賣，各不相關，怎知竟然還有大段手尾，阿彌陀佛。

25

世事亦有亦無，仿如浪捲砂堆，虛渺朦朧但有實相。

自有我這個人物以來，就是最喜歡罵所有名人才子的糗事，至於他們的作品是否偉大，節氣情操是否典範，關我叉事。

早就想罵明朝一個儒家經典人物方孝儒，這位忠臣忠君人棍，在建文帝連自己都不知道流放到那裏，他仍在死撐。

混血而殘忍的叔叔明成祖，迫他寫登位詔，否則滅他老兄九族。

不可不知，成祖朱棣老哥，老媽是來自韓國的絕色佳麗，老爹元璋大爺是風流乞兒皇帝命，鼓掌鼓掌。

不寫不寫，有種滅我十族。

父族五，母族四，再加自己的門生，將近一千人幾百人以上，慘到一個奇點，受牽連不計其數，儒家還說他忠烈齊全，我呸。

有個文學博士朋友，在我面前拍掌稱讚，大哥一手把飯檯撕成四片，說：方孝儒的命是忠臣烈士？和其他人相比，人家的命不是命？是該死的賤命？

嚇得這個每年上山東孔家祠朝聖的教授，要從檯底爬出來。

後來再往靠得住的歷史路線細查，他媽的滅十族實在太慘，四五千年的歷史，每每是虛虛實實，又沒有紀錄片，就算有三四成老吹，已經失真。

果然如此，查出來，滅十族的說法出自明朝正德，江南四大粉葛才子之

一，大鬍子祝枝山手筆，算啦，靠不住。

於是一通訊息，向文學教授道歉，說是一時手重，下次買隻日本和牛，全牛宴，賠罪。

有個學生一口氣給四位仁兄改成四大江南甜品，唐寅是千層糕，祝枝山是芝蔴糕，文徵明是馬拉糕，徐禎卿是白糖糕，真絕。

25A

雷峯不同雷音寺，堪藏片段浪漫，昔日雨中彩傘，仍然伴著斷橋和夏季嗎？

在杭州和政府首長談生意之餘，也不忘問問六扇門的兄弟，是不是真有白蛇傳裏面的大配角，法海這條佛棍？

真有的話，花兩三千人仔替他鑄個人像，在他的光頭刻四個字：枉讀佛法。

放在斷橋的旁邊，再找一二百個馬騮仔，向這條佛棍輪流撒尿，每尿二十人仔，看他來生世世，還敢不敢以為自己是得道的和尚，他媽的，說他是妖僧已經是抬舉了他。

老爹在生之時，最喜歡一個南宋詩人陸游，又名放翁，老爹說他敢書生抗敵，甚麼俠骨柔情，慷慨彈劍吟詩之士，後來大哥我寫了個劇本釵頭鳳，翻翻他的來歷舊帳，他媽媽的，登時拍爛兩張酸枝檯椅，把導演嚇得跪在地下大叫饒命。

跟著回家把未熟睡的老爹拉出冷巷，我說：這條枉稱詩人浪子的甚麼翁，根本就是一個沒出息的孬種，一段刻金斷鋼的愛情也可以放棄。

老爹說：他孝順，聽娘親的話呀。

我說：他媽的，這等罔顧愛情偉大的娘親，有等於無。

氣得老爹整晚坐在大廳，欲哭無淚。

等於這條甚麼放翁人棍，一首釵頭鳳，在今時今日，一屁不值，累死自己是活該，但令深愛的表妹鬱鬱而終，真的無法饒恕。

大哥一個電話，叫下面的閻王兄弟，把這條詩棍找出來，一腳伸落油鑊，炸成紹興油條再說。

於是在劇本中，把他的娘親變身為喪屍大媽，之後又成了跳廣場舞的臭婆娘，算是替這小子的表妹出了口氣。

女兒問我：老爹你經常罵僧，罵菩薩，罵聖賢才子，不怕他們向天上地下奏你一本，他媽的，行雷落雨，你還敢出去？

我說：放心放心，雷公是我的兄弟鐵粉，以前經常一起看四仔AV，旺角的放題食店，起碼食了七八十間。

他和我一樣，最討厭那些哄騙世人，自稱是下凡的菩薩活佛，以及封建禮教之下的文人軟腳蟹。

雷峯不同雷音寺，堪藏片段浪漫，昔日雨中彩傘，仍然伴著斷橋和夏季嗎？

26 昨夜夢魂中，仿似又逢妲己，街浮於水電車無蓬，暢遊大道中。

過去十年年，家族死得人多，包括大哥我的幾個弟妹，網球，游泳教練，未換帖的兄弟妹妹，口頭上的弟子，魂兮歸來乎？

於是奉幾杯在露臺上，二三千元的紅酒，過氣的茅臺，涮羊肉最相配的紹興酒，一級咖啡，一流茶葉，名牌麵包，果仁叉燒包，大家敍敍舊，好茶好點心。也看看朋友故舊有甚麼需要，各式紙紮精品，家居常用，各類傭人，小三小四，狐狸果子狸，援交小兔，日本歐洲女優，甚至中外性感女星，仿真度百份百，大哥我也奉送得起。

焚化得轟轟烈烈，勝過印度差哥哥嫁女的陣仗，此外贈品偉哥，犀利士，全部真貨。神油其實絕不健康，百花油和按摩膏更好效果，送上一百幾十打，請各位慢用慢用，明年再見。

可惜由三更等到六七更，魂不來門未響，望穿手機電視，不來就是不來，人道是：人去茶涼，莫非是人情鬼情一樣薄？

到得曙色降臨之時，彷彿迎到兜率天一眾師兄弟，帶了他們在舊式的茶樓，叫了大堆排骨鳳爪，古法糯米雞，辣椒人肚，傳統雞球大包，由當年在人間泡妞，到落陰間追斬情敵，齊齊偷運大麻回校，他媽的，天上人間同樣無法無天，大家撫掌大笑。

正想聽聽剛進了歌詩班的小師弟油喉，叫他唱首合時節的曲子。

突然敲門甚急，印傭姐姐大叫：夠鐘食早餐啦，要加煎蛋，芝士餅嗎？

27

人生并不如戲，也永不有戲味，五味架旁邊，亦不見長梯。

香港劇集，無論是電視電臺，大多時要遷就觀眾，爭取賣座或觀眾的歡心，老闆請靠邊站。

甚麼手指獎，人仔獎，且慢且慢。

在故事內容方面，添加些監製，導演老兄的思維邏輯性，所謂正反面教材之類，編劇的地位，以前有句涼薄的形容詞，是：等同妓女。

但大哥我也得說，未必，嫖客身份的監製和導演，大多時一窮二白，無錢無才的日子，連手槍也打不起來。

編劇在香港，也并非是文字詩詞高手，大作家，詩人藝術家的思潮範疇。那些年有幾個頗有江湖地位的朋友，問大哥我如何打入電臺電視臺的編劇圈子？

我說不難，請寫幾篇紙的對白分場看看。

結果一看之下，只是一碗粥飯不分的漿糊，可見香港編劇這一碗飯，不是正常的教授文化人可以容易吃的，是另類文化。

本人做過十多年不同類型職業編劇，退下來之後，幾百個寒暑的跌宕歲月，不要說聽回來的各種恩怨情仇，生生死死，就是眼見身遇，稀奇古怪，成住壞空的事情，不是任何拿獎的羣體編劇可以寫得出来！

倘若現在再回去編劇生涯，是否寫得更精彩？

未必，香港的電視電影電臺，以今時今日的大氣候，無論是任何形式內容的劇集，猶之被大貨車碰倒的路障骨牌，暫時不會翻得上去。

人生并不如戲，也永不有戲味，五味架旁邊，亦不見長梯。

塵世迂迴由折，沒有正常人可以推想出來，沒有邏輯性，沒有善惡人性歸邊，中觀家說得真好，善中有惡的成分，相反亦如此，因果不是單線或兩線，裏面千絲萬縷，不只是過去，現在，未來。

此之很難有真正優質的編劇和劇集面世，不同於七八十年代，大哥歸咎當年的地靈人傑，觀眾有福，編劇當旺。

今時今日，只怕變了奏，西風壓倒東風。

韓風仍在大陸之上。

後者的不知時空劇集，很有魔戒中的精靈身影，我問從香港去了大陸的監製好友：

不怕告你勾結外國勢力嗎？

他說：不怕啦，只要告訴上頭，魔戒等等的原作者，本來就是中國去的早年移民，而且荷理活的甚麼復仇者聯盟，飛來飛去的人物，都是抄襲我們封神榜的角色，理由充足，說不定還有嘉獎津貼呢。

最想不到是日本，六七八十年代的黑澤明，小林正樹，稻垣浩，甚至是帶子雄郎，座頭市，如今安在？

一顆如山瀉河塞，運去如風，他媽的，雖說東風不遠春天暖，也隔三季萬重山，看不出日本電影文化的回歸有日。

唉，編劇生涯原是蟲，大哥我當然了解。

閒情篇

聽爵士音樂那種年齡，是我的黃金時期嗎？喜歡在萊茵河和塞納河游戈，和反撒旦的撒旦一起，攀登聖母院鐘聲盡頭的長春藤，是我們的言情歲月。

28

緩行千里，賞盡風花雪月，不如一路平安。

有些人動不動說感恩。

每一日都是你老哥老姐，自己賺回來的，感恩自己是對的，對天感恩？感甚麼恩？

禪宗可是常常罵天，罵菩薩罵佛，晴天雨天指著浮雲以上，都有膽子大罵他媽的。

修佛的朋友問：不怕有口業嗎？果報是被雷劈電擊，之類。

我說：請讀多幾頁歷史，就知道有十幾個朝代的天災旱災，慘烈到甚麼程度，那時候，天何等冷血？

但每天也不妨勤些嘉獎自己，食些香港以內，外國不易吃得到的波羅油麵包，加一杯港式奶茶，西多士，淋滿蜜糖，四星米芝連街頭點心，是進貢玉皇大帝的貢品。

一百個以上的好友，趁城市失去了光彩，移民去了其他地方：

看足球更容易的曼徹斯特，讀佛和吃咖喱蟹，魚蛋粉，四季也頗有浪漫氣氛的曼谷和清邁，最少人選擇的，反而是楓葉像秋深時刻， 張暖暖的床單，把戀愛和偌多的善男子善女人捲在一起的巴黎，塞納河的遊輪還有那些年的瀟灑嗎？

一個妹妹臨別前，買了大堆紅茶，錫造的茶壺，拜師學了最好喝的絲襪奶茶，她說：每個黃昏看著泰晤士河的大橋，倫敦塔的陰影，以香港的奶茶邀飲千年前的情懷，馬車和戴著高帽的英國人，撐起短短洋傘，散開的長裙和漆皮的短跟鞋，不時拖過潮濕的泥地，也許感嘆，今夕是何年？

我說：根本沒有何年，都是超越，撕下來的日曆，可以重新貼回去嗎？

老師說：我們誕生時，總附帶著一本私人歷史，所有的資料，都是經過母親的臍帶，傳入所謂阿賴耶識，像一冊冊玲瓏好看的精裝書，也許只有一冊的書頁是空白的，行行重行行，今生喜歡做甚麼，自己寫上去吧。

所以不必客氣和謙卑，請放心賞山探海，採摘際遇途中，荊棘裏的不知名的仙人掌，季節裏好壞的運氣參差，像西遊記中的盤絲洞。

我們喜歡做唐三藏，或者愛上了蜘蛛精也可以，這是個遠離了牛頓的地心吸力，愛因斯坦相對論的塵世，即使我們身體上的細胞，也在不斷超越中。

29

豈有孤愁如夢，言諾如山？自是掌紋故意的流轉。

一個修行的妹妹問我，在止觀的過程中，不是空懸如鏡嗎？錯了，世俗如湖上的蓮花吧，上座入定就在蓮的胸臆，一杯供養花瓣的泥濘，就是一場轟烈的輪迴。

常常看到自動延長的更鼓，介乎幽明之間，人是飄浮，極像夏天偶而出現的鵝毛雨，越過沒有芥子在內的須彌山，不霧不雪，梵音是，串串遊樂場，木馬旋轉的鈴聲，再外面是一條沒有顏色的畫廊，塞滿笑貌如楓的人面，迷情如許，一對對玲瓏的瞳孔，猶之晨露剛到，睫毛是一梳梳掛在秋天早晨雛菊，有

把聲音對我說：這是你那年沐浴過的河川。

醒來又再睡去，一直沒有忘記河面，那些一定是嬋娟的眼睛，一定有很多個如此的良辰吉日，嗩吶滿街滿巷，人聲鼓聲，母親的叮嚀，掛在她面上的白紗，坦露的腰腹，遠處有千重大山的呼喚，近處送嫁的馬車，然後就黃昏了，浸過恒河水的雙足雙手，真像中國的新娘，紅色的花鞋襯著縛著小鈴的足踝，一瞬一闔眼走過幾十世的空間。

有幾年我老是做這種古怪古老的夢，和我結緣的城市很多，只有倫敦和印度，都是從未去過的城市，倫敦的長街真是一匹可以拉長又拉長的白布，沒有雪的污漬和難過的雨霧，小飛俠和聖誕述異的狄更斯，彷彿都曾經是朋友了，還有濟慈和雪萊，拜倫住在城西，和我只隔了一萬十八個窗口。

總記得那時撐著雨傘，不是雪和霜降，女孩的笑靨如花，這還是冬天的上午，不知道是東方抑或西方的橋，滑得不想鞋履踏過。

她卻踢走裙上的碎雪，很鮮明的動作，不清晰的人面，但總應該是十八世紀吧。

然後另一個記憶又來了，炎熱的河面像呵了氣的湖面，額上點了硃砂的一羣羣女孩，白淨的面頰和黑得深邃的大眼，站在恒河的東岸，觀看著焚燒舍利子的黃昏。

她們的大眼睛真像兩個落日。

30

一字稱之曰：空，空即不空，還待畢竟空。

除了無可言喻的緣起，根本沒有可以放下貪嗔癡的方法。

這三個字，在每個有情誕生的同時，便像長釘把你釘在搖籃，和任何形式的睡床上，不合格地存在。

浪漫和際遇的過程，衍生出來的甚麼怨恨情仇，憎天怨地，概如垂枝荔果，各種在四季中隨手可摘的冷熱情結。

大多數的娘子與相公，雨天裏妳想把他吊在窗邊，陰乾一個午後黃昏，明早妳又會拖手吃他手煮的煙肉煎蛋，咖啡是最好傳情的禍水，也是當妳一個人走在沙漠時，唇乾欲裂，妳變成怨毒巫婆之前，心中裝滿怨恨的男人，卻突然遞給妳一瓶礦泉水。

耶穌先生的老爹說：人類是一時錯手弄出來的藝術品，但他放錯了不是神性的東西，是人性，所以人類永遠在海浪濤聲中浮沉，其實那裏有苦海？苦海是你故意把所有人的皮鞋放在氣焗，一輩子的油烹，難聞的氣味，你老哥肯定也有罪過。

陽光燦爛的海灘，馬爾代夫，蘇梅島，華欣，可以衝浪，吮飲剛落下的椰子，看三點式下永遠漂亮的身體。

一堆與生俱來的情意結，可以降伏，可以放下，都是騙人的。

惟一把人類牽來牽去的，只有一根叫做緣的繩子，它也不是在妳的體內體外，而是無處不在，耶和華真神亞拉都尋不到。

釋迦老師有個修行時期，坐在沒有葡萄的菩提樹下，尋找這個停留在我們

一字稱之曰：空，空即不空，還待畢竟空。

體內，情慾裏的市集，行街街，買盒燒肉雞飯，叮嚀我們演場好戲或壞戲，所以我們是最好的演員，但永遠拿不到奧斯卡。

一直到釋迦老師看到流星，猶之無數的面貌，當然有妳的朋友我的同學，昔日的仇家，曾經在倫敦塔前，斬下妳多生多世頭顱的刀手，但黃昏轉眼在妳的心臟旁邊，種植了一叢迅速生長的玫瑰，所以怨恨不分。

貪嗔癡只是妳口渴時買下的冰淇淋，轉身走兩條長街，步過斑馬線，黃燈轉綠燈，之後，只留下一些無以名之的味道，堪可短暫記憶。

所有貪嗔癡的實相，都無非是美芝蓮的出品。

法爾如此，請作如是想。

31

道可道之外，並非人間維度，敬請直入另一次元。

早年在大陸做沒現金的大買賣時，和一眾貪官污吏好友同檯共飯，甚麼會長，大和尚，稍稍懂禪佛的首長書記，確是好過和半聖賢自居的文化中人，忠君愛國的儒家份子排排坐，吟詩唱賦，說三道四，研究甚麼興國濟世，分別之處，是做生意只講貪心，功成分贓，個個賊笑兮兮，他媽的，總好過微言大義，還以爲自己是安祿山。

請看看歷史長河，那個朝代沒有官宦之爭？儒黨之爭？

尤其是士大夫中的中小儒，臣為食客，君為一盤蝦餃一籠燒賣，所以明末

崇禎，乖乖地上吊之前，留下血書一篇，裏面說：朕非亡國之君，然羣臣誤我。

細看諸朝歷史，又覺得確有可信之處。

起因是甚麼？導致鋸頸誣陷，窩裏反，名大權大，文化越高，越明白這個道理，由漢朝董先生引入儒家班子，把兩個字：嫉忌。演譯得淋漓盡致。

皇帝的外衣，漂染後，加上聖誕禮物紙的色彩圖案，受害人往往理所當然，變成原告。

真真正正的大儒黃宗羲老哥，他說儒家有一個絶症，比諸佛家所講的人類天性，更深入骨髓，就是這一個字：忌。

蓋這個字，可以衍生不同的驚天動地效果，總之路見己不如人，慘過仇不共戴天。

劇集中的皇帝老子，或太后妃嬪大媽，忌心一起，比喪屍更可怕萬倍，上至漢朝太后呂雉大嬸，到慈禧太后，後宮婆娘之爭，不過是割手割腳，削成圓圓的人棍，再泡陳酒一醒，朝政之鬥，他媽的，不獨搞到主了神經兮兮，傾城毀國，劇集中的精彩整人手段，不過是歷史記載和真實人生的萬花筒一角。

大哥我的掌相老師，有幾句收徒的古怪名言，他說過於循規守禮，不收。喜歡聖賢之道，不收。不好動，但間中頑皮，也不收。

初時只覺得老師不合常理，後來幾十年的人世閱歷，愛恨情仇，見盡外表儒雅，滿腹詩書，恭恭謹謹，可以和你老兄一起嘔心瀝血，同床而不搞基的兄弟，只要某時某日，一有任何類型的忌心，小至你穿的內褲比他有型，你的小三比他的小四更漂亮，甚至你的家庭看來更融洽，你的性表現比他更積極，乖乖，妒忌心一起，不在你兩脅插兩三刀，算你走運。

佛家中人常說，要放下兩邊的心態，他媽的，這不過是勸人出外食飯時，最好帶一個營養師替你點菜的夢話，衍生出來的無量忌心，可能不止八萬四千，而是不分男女老少，層次高底，恐怕已經埋於肺腑，遇緣即發，不單沒有任何佛，聖賢可以幫你，外星人也幫不到你。

32

不需要牽腸掛腦，再為放逐兒女織衣，抑或送一袋手信。

在地下鐵，輕鐵，山頂纜車商場，身邊週圍，人真的是多類型的動物，盡享有沒有颱風和厚雪的四季。

進化論，也並非一堆枯葉爛草，本人的歲月，猶之土星的塵土如環，由私家黑色光亮，旁邊插枝雞毛掃的三輪車，到九十年代在澳洲的大型甲蟲四人車。

那時躺在廣州中山公園的草地，到坐在墨爾本郊野公園的長椅，都是看同一座座，銀河系飼養的星宿，未必言老的天蠍，水瓶，白羊，僅僅一個甲子的季節，只是彈指的壽命。

壽命也是從懸空的鋼管，爬山時的峭壁，三十層屋頂斜展的平臺，下面沒有安全網，走過來的年月，真的，那時是玩命的童年。

運氣好，和撒旦先生賭撲克，靠了童真的面具偷了雞，從此知道，在叛逆和穩重中間，開了條無形無相的私家長街，一直走到今時今日。

可以逐漸變成好朋友，家中客的動物，常常是女兒和娘子的朋友，花鼠，袋鼠，老虎，大小豬，大小貓。

邀飲紅酒，咬咖喱蟹，咬比外面更好的家常飯，抽正常動物不抽的香煙，讚美佛和主，運氣真靠譜。

有時談佛和談前世，今生的戀愛，床上的情人，和兒女是一種甚麼的恩怨？是多世債項未清的問題嗎？是磁場現象嗎？是更深的數學邏輯嗎？

有些朋友和兒女的緣份結得好，一點一滴種植出有花有枝葉，彷如獲獎的盆栽。

但很多傷心的母親，都有傷心的故事，似乎一兩刼都解不開，傷了爛了的心能轉換嗎？

釋迦老師賣關子不說，亞難根本不懂。

當然還有傷心的女兒，固執的丈夫，誤解起於一些心理上的創傷，終於成為一道道欄柵，那麼何須歸咎於量子理論式的業力因果，只要在塵世，就有這些比反物質更難認同的結使，稱之為心鎖亦無不可。

其實我們都藏著一條條解鎖的鑰匙，但是不知道遺失在甚麼地方而已。

請在找尋鑰匙的時候，帶著陽光當窗，喜悅塞滿胸臆的心情出發。

太陽在東西方，也照常昇起。

不需要牽腸掛腦，再為放逐兒女織衣，抑或送一袋手信。

33

今年的聖誕，早說澆雪殘花，當鐘聲揚起，請聆聽詩歌內的童音。

六七十年代開始，香港那時的潮流，是喜歡跳舞，由倫敦黑池到這裏，一段悠長的浪漫。

懂得跳舞和選擇歌者之歌，在這段時間，成了一個熱點。

大哥我在八十年代走馬江南，隨眾亦隨時，也到過大陸的跳舞場所，週圍的朋友也喜歡狐步和圓舞，但音樂和歌者，都沒有香港六七年代的浪漫感覺，只有兩個字形容，是土氣和砂石，把滑溜的地板刮得吱吱叫，身上的毛管豎起來。

穿慣農裝的百姓，可以改穿西裝嗎？對不起，今時今日，大哥同一句回話：可以，但變成了另一種樣子，別類的氣質。

由中學到大學，眾多的派對和歌曲，由皮禮士利到康妮法蘭西絲，那年代，浪漫無可言喻，假期週末，我們可以去碧瑤夜總會，百樂酒店的十一樓，倚靠著欄杆，邀飲下面一眾響著高跟鞋聲的大路，漁火遍岸的風情畫。

甚至萬宜大廈的鑽石餐廳，真是當時香港的黑池，裙裾如浪，捲起偶然殞落，碎如細雪的裙裾，聽到歌曲就自然醉了，喜歡爵士的更多，由莎莉貝絲到法蘭仙納杜拉。

這兩年真是惆悵的聖誕，猶之靜划一艘鋪了白氈的小船，坐著的嬋娟，撐著不是遮雨的絹傘，岸上綠草一如以往傳統下的仲夏，遠遠或只有一種寂寥顏色的冬天，像化不開的濃墨。

今年的聖誕，早說澆雪殘花，當鐘聲揚起，請聆聽詩歌內的童音。

也許尚有餘生，再聽聽鍾妮詹絲吧，她的歌聲像一條柔滑的圍巾，甘心被她纏繞一個不眠的晚上。小野麗莎也不壞呀，經常給妳一個個的懶到極點，像抱著軟枕，而涼風在耳邊輕輕吹過的秋天。

而秋天是屬於東尼賓納的，聽過他的：把我的心，留在三藩市嗎？或有楓葉聯想的十月下午，叮噹叮噹而來的電車，停在日落大道，大堆輕衣短褸的乘客，拉著車邊的窗框，笑指橋邊落日。

東尼真的把心留下來，去了未竟的灰色城市，他會乘搭甚麼鈴聲的列車回來？訃聞沒有告訴三藩市的故人呢。

每年的十二月，是應該坐在茶座喝咖啡，或英式茶的日子了，聽聽鋼琴吧，看過泰倫鮑華和金露華的一部關於鋼琴家的電影嗎，很多難以拋離，一粒粒像甜粟米的音樂，我喜歡一曲曼哈頓，也因此愛上了曼哈頓，雖然我從沒有去過紐約。

三月還會遠嗎？縱然明年仍是鬱鬱黃花，但不足證明佛和耶穌之將至，佛只是不懂圓舞和快步的凡人而已，他也不懂破壞一個童話。

但後來有些人，教我們用一顆小小的尖釘就夠了。

稍後送妳一首As time goes by.

今年的聖誕，早說澆雪殘花，當鐘聲揚起，請聆聽詩歌內的童音。

34

一國一家，猶之夢魂所牽，夢碎如木石，甦醒便休。

上一本作品，提到了原子彈和共同意識，甚至是一國的共業，這裏且說說原子彈，美國曼哈頓計劃，帶出來的：實相。

真正原子彈的計劃，始於德國納粹後期，美國羅斯德總統，要比德國更先研發核彈技術，而進行曼哈頓計劃，真正的原子彈之父，是美國理論物理學家，奧本哈默（Julius Robert Oppenheimer）。

被扯進來的物理學家有三個，其中一個就是愛因斯坦。

丹麥物理學家，老波耳的兒子，奧格波耳（Aage Niels Bohr）才是曼哈頓計劃的成員。

始作俑者的是愛因斯坦的同窗，匈牙利物理學家施拉德（Leo has Szilard）和另一個也是匈牙利物理學家泰勒（Edward Teller）。

後兩人發覺德國狂買核彈材料，於是發信給當時美國羅斯德總統，愛因斯坦不過是其中一個簽名者）。

好教各位兄弟妹妹得知，一九四五年八月六日與九日，兩顆原子彈，小男孩和大肥仔，分別投擲在日本廣島和長崎，間接打破日本佬吃最後一碗陽春麵時的幻想，結束了二次世界大戰，很多朋友問，是不必要的慘事嗎？原子彈可以不投嗎？

那年的三四月，日本的經濟低迷到極點，甚麼魚生壽司，天婦羅炸蝦，想都別想，海膽？他媽的，攞胆可以，蓋盟軍狂炸日本，日本的房屋易燒度百分之九十，分分鐘是全民皆豬，出爐滾熱辣。

但是他們的少壯軍人，就是寧願變成脆皮燒豬之國，也不投降，在六月份

甚至組織全民敢死隊，迎接美國佬的登陸戰，最多一齊死，攬炒。

美國那時是古惑總統杜魯門在位，和軍頭坐下來計計條數，登陸日本打地面戰，起碼雙方犧牲二至三百萬人，乖乖龍的春，甚不化算，蝕大本，猶其死的是美國少爺仔，下次再選總統，誰肯投你老兄一票？

與其如此，放兩三個原子彈，可能死人較少，於是在七月底之前，還通過瑞士勸降，但相信分分鐘可以出現奇蹟，猶之寮國足球隊拿下屆世界盃。

日本的鐵血少壯戰士，說不降就是不降，終於美國佬杜魯門總統決定，燒賣又好，燒鵝亦好，炸了再講。

整件事與愛因斯坦和其他科學家無關，是政治和軍事行動，與物理學大叔無關，走開啦，拜託。

還有另一個政治利益因素，是和俄國佬有關，這個是超級不按牌理出牌的蘇聯，全名是古惑而霸道的熊，加上一個更獨裁的史達林。

希特拉先生最後衰在史達林的手上，雖然蘇聯是慘勝，但得到口的利益，遠超過花旗佬為首的聯軍。

這頭古惑的熊，專門在最關鍵的時候靠邊站，反骨反面等閒事，站在大炮最響的一方，之後以強盜式的分贓形式，東栢林就是如此搶過來的。

那時日本已經輸剩幾幅爛地，若是最懂得打劫式分贓的俄羅斯，快一腳進入日本，恐怕連天皇也會換了俄國人，不得了啦。

日本佬投降，恐怕這個原因，比原子彈的作用更大。

兩顆原子彈換來三十萬條人命，但可以抵銷南京和其他地區，被屠戮的有情嗎？

很多宗教人士，神僧一直挑機，請好好看清楚這段歷史的來龍去脈，不要在佛經裏面找菩薩老師的骨頭。

一國一家，猶之夢魂所牽，夢碎如木石，甦醒便休。

剛剛和地獄的十個兄弟在手機談起此事，他們說：老哥不可不知，每年八月初，羅斯福，杜魯門，奧本海默和愛因斯坦先生都被邀作客，送送禮物，飲飲走佬威士忌，藍山咖啡，因為若非那兩顆原子彈，移民更多，他媽的，地獄本來就不夠床位，十八層變成八十呎一個個劏房，也要瞓街。

他們還說：地獄早就不時興甚麼烹人烹狗，斬人鋸人的把戲，油鑊用來炸上海油條，臭豆腐，保證不是坑渠油，食得健康有益。

還有孟婆他爸在奈河橋旁邊，開了十幾間素食連鎖店，晚上八時後放題，在家居士八折，出家人七折，神僧五折，奉送地獄一日遊，由業餘菩薩領隊，盍興乎來。

35

所謂際遇，從來不愁即喜，複雜離奇，而且禍福無門。

生平際遇中，以各種形式亮相的恩怨情仇，原本沒有邏輯性可言，連因果也算不上，晨早起床，睡得不好，扭傷了頸子，刷牙弄傷了牙肉牙床，和因果有關係嗎？

有關係是對的，沒有關係也是對的，矛盾嗎？

不是，因為所有都建立在三個字：不實在。

這就是瑜伽中觀行者的所謂空（Sunyata）。

但所謂空，是需要經智慧才悟得何謂空性。

可惜各人自覺的智慧靠不住，所謂空，也許是在暑假時，掛在浴簾或吉他

弦線上的校呔。

老師說的人生境界，是少年時看山是山，看水是水，中年闖過江湖回來，衰過病過，愛過有過，曾經英雄，間中狗熊，於是看山不像山，水不像水，倒也另有一番感慨。

老師也說：到了惆悵不得不入黃昏，朝難起，晚難睡，手腳無力，一到落樓梯而沒有扶手，馬上怕得要死，送他老哥十隻八隻處女狐狸也無用，只能看山是山，看水是水，除此還能怎樣？

我對老師說：錯了，這不過是過時的教材，不再是潮流的人生境界。

今時今日是智能手機和科技新時代，頑童乖童，一早已經獨立包裝，看山看水，是充滿精靈和魔戒的半獸人，水裏是人魚和無比敵，一個個迷離詭異的平行世界。

到得闖天下之時，各自各精彩，樓價高到嚇死人又如何，吾友拜倫先生說過，到你用盡力量拼殺，是成是敗，自然另有一個你想不到的人生境界。

做不成財閥又如何？住公屋居屋又如何？各人頭上一片天，吾家女兒說得好，在這二三十年裏面，你起碼要學會自知，知道自己需要甚麼，自己是甚麼貨色無所謂，每個人不一定是大人物，請看清楚大人物下場如何？

大人物之中，有些還是朋友，遇見時他在高樓，二十年在電視時事節目，依然瀟灑故我，五年前知他樓塌，昔日祝酒飲藍山的記憶很新鮮。

至於大哥我，由始至現在都是鷹派，拼搏爛打，最喜歡實戰MMA，自覺是遊戲機最出色的演員。

亞里斯多德大爺說：天下男人狗賊對兩種事物最有興趣，其中之一，是政治。

對了，政客的嘴臉，比得上AV的男角，有趣有趣。

做個小人物也很有趣呀，怕老婆也不壞呀，他媽的，女人是多變的怪物，

所謂際遇，從來不愁即喜，複雜離奇，而且禍福無門。

變蛇，變狐狸，變巫婆，最後變老虎。

怕老婆天經地義啦，但是兒女一看你可憐兮兮，馬上給你一個擁抱，勇氣又回來啦。

如果你想變成武松大哥，好，有志氣。

不要相信羊入虎口這句說話，請自我催眠，你是一個披着羊皮的水滸傳天罡星，跨啦啦，打虎本是英雄漢。

吾友愛因斯坦的方程式：E＝MC2（能量＝質量×光速！）

每人體內都是一個小宇宙，每個細胞都可以形成一個重力場，經過運動的速度會產生能量，生命就是如此變成的。

所以黃昏打後，最好還原成一個充滿動感的軀體，老馬伏櫪，志在千里，山和水都在你的體內，他媽的，今生看中那一類狐狸，來世可以圍捕。

今生嫌一無所有嗎，好，來世再來營造雄圖霸業，不必懷念早些年代的浪漫歲月啦。

十年後，你大哥在某處悠然地甦醒，你是另一個最懂得享受浪漫的大亨。

電影甜心先生（Jerry Maguire）裏面的著名運動員經理人，有句很感動，也是大哥的人生金句，他說：

我一生成敗各半，但努力保持健康，我愛我的家庭，所以感覺快樂！

有情世間，亦應如此！

36

長鋏歸來兮，不見舊時歲月見塵埃，一笪門前積水。

有一個經常看我的文字，寄居外國的妹妹，前兩年突然在街上中了風，今年才慢慢變回正常的有情。

際遇就是如此，晴天時驟雨落雹，傷盡看雨浪漫人，了無預兆。

另一個妹妹也是早上仍握著相公的暖手，行街街，逛超市。

午後卻目送他走入未可知的空間。

總之這兩年，有哭著，笑著，幽默和惆悵的妹妹，常常和大哥談一更次胸臆情懷。

但願不分人聚長與久，任何空間都有餘情四季。傷逝的日子，熟悉的朋友，陌生而親切的人物，彷彿秋日雨中，雲隨髮濕，街上的百姓眼角每人微有淚水。

四季真是是惹人驚訝的猛獁，彈指即來，供我們觸摸後，年年換一個身段。

今年賭運不濟，在最近操水期間，也看不到早年缺席的環姐級狐狸，只能嘆句香港女生的身段，越來越差，他媽的，大哥我坐在池底，嘆一句，疫情之下無花亦無果。

浪漫情懷，只看不動心，今日的秋香不能追，丫鬟和菲姐印姐不俏，褒姒不豔，只怪選美會上的評判，多是有心無膽的舍家郎，於是選出的西施貂蟬姐姐，不外只是一朵朵稍識綺羅針線的入藥杜鵑，今日若有夫差，當然不會死得不明不白。

這個時期，於我來說，是暮年晚唱啦，剛和塵世的艱辛際遇，悲歡情仇稍稍離遠，兩條街，三個車站的距離。

正在想像是否有另一個，輕紗籠罩如雪隔的空間？是否還可以在輪迴之前，回家輕撫愛過痛過的家人？

沒有物質銅臭的牽掛，是比量子更飄泊風流的境界嗎？

一個妹妹問我：情是何物？

我說：錯了，應該換成兩句，第一句是：錢是何物？直教生死相許。

對極了，萬金可買萬種情。

第二句是：問世間，病是何物？

這句話斬釘截鐵，今時今日，悶出來的不知名的小病無數，很多朋友不必懷疑，已經患上憂鬱症。

也許只有真正轟烈地不再牽腸掛肚，天南地北雙飛雁，問好漢幾時回轉。

37

茫茫生死，如霧煙一縷，攀枝附葉，仰視懸壁。

最近閒得可以把整個仲夏的日子，逐分鐘發生了甚麼事，記了下來，像一枝枝小旗，插在腦細胞的空隙上，也驟然知道，原來大把空位。

空位多，老師說：是歷世積存下來的結果，越有修為，腦細胞越是會增生。

把以下幾個古舊中外的人物積存起來，一點也不寒傖，藏於空氣流塵，在晨曦的光線折射，真是古惑似霧的浮蟲，時光並無隧道，只有時間歷史的走廊，倘若閒逛，揀揀相似人物的圖片，果然有點秋涼好過街的情趣。

茫茫生死，如霧煙一縷，攀枝附葉，仰視懸壁。

之一　韓愈

唐朝憲宗年代，韓愈老哥是儒家中的最不識時務者，但終其一生都可以得享大名，而且知心甚明，算得上是近代新儒家思想的祖師爺之一。特別是他的心性良知，追得上陽明先生，影響了後世佛教空宗的中觀思想。

但是不要說遠如外星的唐朝，在今天的佛家，仍然不容空宗。當然包括近五十年代以次的內地佛教。

韓愈先生有個很詭異的故事，祭鱷。

其實是私下有個獵捕鱷魚的民團，祭鱷也者，是做場戲而已。後世認為他謗佛，也是一場折子戲，他也是中觀大修行人，在潮州刺史任內，像極了東坡先生，有個傻傻地的老友大顛和尚，也有個飛來飛去的的姪子韓湘，是否八仙之一，不得而知。

有朋友說他是一直反佛家的大儒，不如說他反佛教，但是並非反佛，佛教和佛法，佛家是三碼事，中間大有分別，他反對盲目的善信膜拜，大部份的佛教不過是為利益而設。

相反他的佛學思維很有深度，層面廣，和他的死黨柳宗元，曾經就佛家宗派作詳盡的分析辯明，擺明是修行人。

之二　陳季常

上一世是五戒禪師的東坡先生，扣肉始祖，他的知心朋友陳季常，也是修行人。

修佛這種學系，真少不得智慧的悟性，不是任何大詩人大作家說有就有。

佛家的所謂般若，不是卂間的智慧，跟立心捉幾十隻狐狸，見到路到的菩

薩每人送一隻，這類成人之美無關。

相反，在晚上止觀做功課，突然有個像菩薩的物體，在眼前出現，他媽的，大棍打出窗口可也。

真正學佛修行的人，連這些豪氣也沒有，不如去恆河岸邊賣揚州炒飯算了。所以東坡哥哥一生笑口兮兮，寫了大堆傳世的詩文，飲飲好茶，但有人認為他的佛法不合格？

錯，禪宗不同其他宗派，一有正路的詮釋，已經走錯了框框。

東坡茶團，班子鐵腳之一，史上確有其人，四川眉山人，陳糙，字季常，龍丘先生。

他的老婆也果真姓柳，來自河東郡，是名門大戶。

婚姻是竹門對上竹門，根本沒有怕娘子這回事，季常哥哥深懂夫婦之道，燒好的牛肉，還炒甚麼？

季常哥哥上兩代都是大官，他是富三代，蓄妾如每年買備的豬仔錢箱，秉且有歌伎班子，五日小宴，十日熱熱鬧鬧的大宴，羣起而舞之，算不算怕老婆怕到一個極點？

性格剛烈的娘子，頂多作作狀，拍拍床板撞撞牆，不會炒起大鑊。

他媽的，男人最怕無錢無勢，何況無論北宋南宋，女人的地位偏低，惡不出樣。

他的佛學修為，恐怕比東坡居士還要好，他跟居士說：他媽的，你最多可以做個主持。

居士問：那麼你是甚麼？

他說：當然是菩薩，起碼旁邊有個懂得獅子吼的護法。

於是被東坡這個僅僅合格的修行人，只好反手一劍，在詩中說季常的娘子是河東來的獅子。

無論任何種類的有情，都自然憑着自己的氣場和嘴型，招友招親，所以東坡先生的幾個好朋友，都是與佛有緣，佛印和尚，黃庭堅，陳季常，都是走禪宗路線，豁達過於常人，即使橫山不及豎山高，不妨自種寒梅栢樹千畝，傲盡雲海。

之三　董小宛

各家必有廚，沒有爐灶，怎能稱之為家？

說過董小宛是史上十大廚娘，古代米芝蓮級數的英雌。

緣起百藝，廚男自春秋以來，到了明代，一直遠不及廚娘，廚娘是漸起的潮流，到了宋朝，有藝有色的廚娘，數以萬計，一夕王侯飲宴，也以萬金之數起計，從良的名妓，在章回線裝書出現得多，有名有姓從良的廚娘，百不得一。

蓋廚娘是層次甚高的級數，不是尋常的四五品知府縣令，可以聘入廚房，貴過收蓄三妻四妾，派頭之大，拍得紅樓夢的大大丫環。

廚藝和豔色，名傾天下，只有一個，卻不在古代四大美人之內，是明末清初的蘇州人，董小宛。

能文好詩，也是唐代詩仙李白的粉絲，別字董白，意思是她懂得李白的城府詩才有多深，居然大號也叫青蓮。

在妓院難堪的幼年，到十九歲做了明朝才子冒辟疆的私家廚娘，一朝攀登鳳凰樹，可惜賞雪享花的歲月時斷不常。

清代第一帝順治，極愛的娘子董鄂妃，產後又喪子，總之死得不明不白，難得這個史上大情大性的皇帝，為她出家做了情僧，好過古代甚麼大帝豬帝，古代任何宮廷貴族，從來不會洩漏這類紮腳式的皇家記載，所以順治出家，只

有出自小說家的故事傳說。

傳說自然多種途聽，有所謂史家，文起八代皆衰的文人，都脫鞋脫襪說：董小宛和董鄂妃是兩個人嗎？死硬派的私塾老頭，說有數得計：倘若董小宛入宮，是三十三歲，順治帝才十八九歲，不相襯，順治會為大姐姐級的娘子出家嗎？

他媽的，這真是ＢＢ班的想法，怪不得香港自有愛情小說以來，九成九九九，都是連戀愛和造愛的經驗，也非常缺乏的作者。

所有漂亮的狐狸級美女，三十歲開始才是最燦爛的年華，極盛的一朵玫瑰，一個少出宮廷的乖皇帝，相信是貼身小猩猩而已。

吾友臺灣作家高陽先生，他的歷史小說，天下無出其右，特別是清朝歷代事實軼聞，其他的所謂史家學者，文人考究個屁。

高陽先生的家族，超過十人以上是清朝的大軍機，自然知道很多眾人不知，或不應知的內情故事，和他談過董小宛，他摸摸我的頭，問：是你會不會出家？

我答：倘若出家好食好住，七十八寸智能電視，每日有私人活動時間，可以去看看金魚缸，打打網球，練練水，出亦無妨。

董小宛的劇集電影很多，都屬於無知加辣椒醬，導演中還有些是大哥的朋友，根本連甚麼是：在上書房行走和軍機大臣，都搞不清楚有何不同，甚至連下官拜會上司的時候，便裝簡服，為什麼要帶著一個背著包袱的隨從？

唉，編劇不一定是讀書人，博覽線裝書或竹頁上的文化，對不起，他們不會。

反過來的文化人，也不懂揑造時空人物，做個合格的編劇，這叫做哥兒倆，不用商量。

之四　胡雪巖

本人上一本作品也寫過這位紅頂商人，他的一生，由衍生的智慧，造出自己的靠山，插旗立萬，建立商國王朝，反而崩潰在自己所尋的靠山，運去時變，下場極為悽慘。

真有其人其事，也一如書寫的風流，唐寅和他差得遠了。

直把杭州作汴州，杭州不是汴州，也是汴州。
一向是貴胄諸侯，封疆大吏飲宴絲竹，躺閒躺懶之地。
朱門酒肉縱不太臭，雪雨巷前酒味羹濃，古蹟環市，斷橋雷峯斜立，就在家前倚立攏烟濛。

杭州就是有這種，現代事物不能蓋著古日黃昏，一衍衍舊時潮水，冷墓古剎隱約一層一霧，仍不兩忘煙濃湖泛的氣息。

做大生意的商家佬，大多的心願，就是找到真正的大靠山，錢源大如海之歸墟，但是運氣如季風兜轉，退若錢塘萬丈潮，你攔得住嗎？

其中一個偶像，機關算盡，人情練達世事通明，胸襟磊落如可藏千劍海量，卻由生涯最高峯直仆而下，應了城隍爺一句說話：人有千算，天只一算，唉，一算就夠了。

千算者，當然不是指罪業，罪是罪，業是作，他媽的，算盡取盡，關鍵的一算，可不是任何人算得出來的。

千算萬算，不離緣遇緣起，以及最迷離的運氣。

因果和緣起，愚如大哥我，則大半了解，惟獨是如網的運氣，不懂。

早十年內地商運未斷，杭州是常去之地，路經上海，也是有緣，常看見一間藥舖，門頂黑底金字：

胡慶餘堂。

清朝同治到光緒年間，這間老字號的中藥大店和最大的銀號錢莊：阜康。都同屬一個主人，杭州出生，安徽徽州績溪人，姓胡，胡雪巖。

武俠小說鹿鼎記中有兩句名言：生平不識陳近南，自稱英雄也枉然。可以改一改啦：從商不知胡雪巖，雖則大富亦枉然。

雪巖先生大半生，可以造出利己利人的商業江山，是慈禧年間的紅頂商人，但下場亦慘，他母親白頭送黑髮，滿門被抄。

一個好朋友問大哥我：他輸在甚麼地方？

我答：是三項全輸，既輸運氣，亦輸找錯了靠山，再輸人和。

朋友問：靠山不是當權人嗎？

我說：靠山也有自己的運氣呀，所有際遇都是層層叠叠。

但胡雪巖先生也不算輸家，另一個角度，他一生過程精彩燦爛，是修行人眼中的最好課程。

不比下智之人，擁有萬桶臭錢，只剩一張陀羅尼被。

中智者規行矩步，儲雪凝霜，三千里路不聞更鼓家事，及時從鄉是應命之道，相反也是應命之道。

銀兩本是壓艙物，稍重稍輕，關人叉事，自是一枝濃豔插佛頭，付諸半席話頭。

上智之人，再詭絲霸道的命裏機關，卻只問過程。

好友送我一本：胡雪巖的收場與結局，裏面連抄家抄出甚麼東西，都詳細列明。

唉，讀之黯然。

之五　范蠡

好朋友的問題：胡雪巖和范蠡那一個比較殊勝？

大哥我自然比較喜歡胡雪巖，有血有骨，吾友高陽先生走前四年，把我送給他的茅臺飲而盡之，一句話：范蠡有慧眼，他知道週邊都是非人，也知道怎樣做人。

那時不懂，又不想細問，搔搔頭就算了。

二十年後走遍花川高樓，足跡著地不留雪漬泥屑，大江南北歸去不說來兮，在瀋陽往哈爾濱的車上，想起大歸後這個兄弟的說話：真對，大哥雖說也喜歡胡雪巖，但絕對不想收場如此。

與其說范蠡先生是商神，不如說他是大修行人，半生洞悉天機如露水上的蟲紋，他和三個直接間接為他而死的配角大花臉，都是同國人，也可能曾經是朋友，後來也是朋友，特別是伍子胥和伯嚭先生，全部是為吳越打工的楚國人。

文種先生的死和他不相干，伯嚭是被他玩死的，在他的有生之年，大概很感嘆，雖說各為老闆打工，但也是直接害死了一位命途漠漠的伍子胥，否則他也無須在齊三年，自稱為鴟夷子皮。

他很幸運，不至於像一夜頭白的楚國逃臣，終於要雙眼懸於城門，身體縫入酒囊，流經長江或忘川。

范蠡先生是所有歷史故事中最真的人物，隨緣膽大，多情任性而不盡是放蹤，能捨得一身顏色，不忘故舊所愛，是俠而雄了。

范蠡和胡雪巖最大的分別，是前者懂得甚麼是人性和政治，也知道審時度世，甚至因果分明，所以有一個固美的收場，他比諸葛先生更聰明，更懂得看

透政治時機，甚至有個四大美人之一的娘子。

常說人的一生不需言成敗，只問過程，輕風雷雨，重裘車馬如龍，大多時不若一傘撐開，浪漫遙觀遠方城闕，人生是層次際遇，貴重過隨身銅臭。

之六　蘇東坡

先說一個怪異的因果故事。

只有感嘆，也不一定是黯然，蓋大哥我素來不信佛家經部有宗直腸直肚，輪迴豬狗馬騮之說，因果豈會像划隻獨木舟，去捉條大白鯊這樣簡單，他媽的，又不是海明威的老人與海。

北宋的大詩人，大茶痴，喜歡一條龍品茶，又似乎很長情浪漫，纏綿好味可口，一如他的獨家米芝蓮出品，東坡肉，居士蘇軾。

他的赤壁懷古，一幅封疆大吏手寫的草書，乾，澀，燥，潤，清剛圓勁，曾經掛在大哥我北京後香港的寫字樓內，是大哥我極愛的字畫，我先後的詩集和散文集的題目，都出自他這首彷佛裂石驚濤，清掃一城滿目城垜，阡陌林邊，無處不雄奇的念奴嬌。

東坡居士的前世今生，有很多個版本，大哥我只信一個版本，和他的禪宗戒條無關，但和他的妄撞闖禍相連相應，前世今生，犯了酒後之罪，他是薛丁格箱子裏的貓，運來緣起，終於被無聲之槍，射死了自己。

一個比芝麻官大三級的知府，九成出於惡意，想考考這個小了一隻左眼的五戒禪師，邀請他在花艇上共宴，趁他有些酒意，靜雞雞賞他一隻果子狸。

一個傳說，是他在禪師時收養了一個小女孩，改名紅蓮，大了時有艷色，終於令這個五戒和尚破了色戒。

這個故事就只是一個他媽的低能仔之作，要真如此，東坡先生根本就是一條淫棍。

唐宋以至元朝的禪宗特色，媽佛罵祖，腳踢菩薩如來，飲酒近女有何出奇，所以這個傳說，不取。

和尚時期的大才子，無所謂呀，照單全收，但害死了不懂佛門宗派為何物的青樓果子狸。這個妹妹，以為自己害慘了出家人的清白，看不開而投河，死得莫明其妙。

而五戒禪師，惹了不知如何計算的因果上身，也只好自動圓寂，和閻王兄弟，飲杯烏龍訴訴苦。

師兄明悟知道他的斤兩，跟了去下一世，就是和他一直語鋒相對的佛印。果不其然，東坡這一生的佛法禪機只在詩詞，不在口上爭鋒，此之所以比

不上前世的師兄，恐怕要流連多生歲月，佛印之後是否還用護法的身份，伴著他滾滾紅塵灰塵，不得而知。

只是東坡哥哥，朝夕和些才子飲酒咬飯，有晚也是八九分酒意，黃庭堅半開玩笑，說看中了他的近身婢女，以一隻驢子交換如何？

酒醉中人，十之十十似隻傻豬，一時失憶，ＯＫ。

回去之後和這個小丫環順口提起，聽者有心，後果是什麼？

又累了這個小妹妹看不開，再折河邊柳，一頭撞到水底。

蹤然有東去的大江，也難洗去一筆一筆惹來的因果顏色。

相信他走入奈何橋，也只好跳入忘川。

正因如此，之後他發心戒酒，做了茶痴，大哥我是他的粉絲，也希望他之後的十世八世，醒醒定定，不酒而繼續品茶，一杯普洱或青茶，也可邀飲江月。

東坡先生是甚懂茶藝的大行家，帶他由茶葉進入茶海，是第二任娘子，比

他前任更懂得東坡的才藝，又是前任娘子王弗的堂妹，姓王，王閏之。

但他那首悼念亡妻的詞首，是為他的一任娘子王弗寫的：十年生死兩茫茫……唉，惆悵枕上空有餘香留韻，妄記朝朝攜手仍入暮。

但教識東坡入廚賞肉品肴的，是他的第三任娘子，王朝雲，和他的第一任娘子有微妙的淵源，是隨嫁的丫環，那年才十二歲，精通廚藝。

說不定東坡肉是她傳授，而且入得廚來，需識揀肉買菜，陪了這個甩不了凡塵色相的相公二十三年，她走的時候，還教曉了陪伴官人的兩個小妾，如何做幫廚買肉。

這兩個小三小四，一個碧桃，一個榴花。

之七　日本的茶神：千利休

表面上是漁業大亨，頂尖茶藝大師，終身追求唯美的事物和感覺，卻為權

勢所迫，無端入夢，日本的茶道門派，因他源開到了現在，枝葉茂盛如花叢片片。

家姓是田中與四郎，入寺修行時的法號是：宗易，先後在大德寺和南山寺修行，他是千利休。

大德寺有一任的主持，是一休大師，正正就是我們所熟悉的一休鬼馬小和尚。南山寺內，也有一位和他同時修行的大名：德川家康。

利休後期惹閒言上身，豐臣秀吉方的政客，推論和德川間接有關，但大哥我不以為然。

利休之死，是因為他不懂政治，特別是政治人物的心性，反覆無常，他是豐臣秀吉在織田信長時期的恩人，助他上位而且救過他的小命，最後還是被秀吉下令切腹。

以為是善緣的做因，反而種下後來的惡果。

這就是中觀所說的，因果皆無自性，亦不實在。

此外另有一位人物促成了利休之死，是利休徒弟的弟子，石田三成。石田三成做了秀吉的近臣，也許嫉忌利休的名氣，一句說話造成壓死利休的最後一根稻草。秀吉死後，石田三成和德川家康爭天下，關原之戰，德川也間接替好朋友報了仇。

在三成死前，德川說：在泉下看見利休先生，請替我奉上一杯好茶。

初時只想知道多些這位日本茶聖千利休的故事，逐漸如踏沙入漠。世事鬼馬，和大哥熟悉的歷史人物，幾乎全有因因果果的關連，於是盡量從千里的沙堆，扯出完整的城廓，真是惆悵浪漫，禪和美都是小事，難明的際遇，才是人性的重心。

千宗易是他的本名，利休，是天皇的贈號，他一直是居士修行之身，利休，不是名利之利，是虛名身上，惹禍的如劍傲氣，不善收歛如休，遺患大如橫嶺壓身。

後來果然如此，逃不出變來變去的迷幻旅情。

利休先生中年前，約了一個被迫入宮的女孩共走逃情，結果爽約，害死了這個鬱鬱而逝的嬋娟。

這位終生迷於追求美的茶主，終於死於他帶上位，不懂美醜為何物的豐臣秀吉之手。

他臨死一刻追求之美，也許是彷彿看見當日傷心欲絕的嬋娟。

之八　日本禪宗的傳奇人物一休和尚

中國的茶道和禪道，分別由榮西，南涌紹明，永平道元連茶帶法帶回日本，二百年後到茶道之神千利休老兄，於是茶道沸騰，茶道離不開禪道，茶即禪，禪即生活。

茫茫生死，如霧煙一縷，攀枝附葉，仰視懸壁。

中間有個大家都認識的過癮人物，劇集中的主角，古怪伶俐，可愛可口的馬騮仔，人稱機靈小和尚，一休大師，他真的是大師級的和尚，晚年還做過日本大名牌廟宇，大德寺的主持，大德寺的傳聞故事很多，扯進去大批人物，包括豐臣秀吉，德川家康和千利休。

一休和尚，雖說小時非常了了，大時更了了得極為七彩，超級潛水艇加無敵豬柳蛋漢堡，分分鐘也是古代最長命的修行人，死時八十八歲。

另外他真是皇室的後代，老爹是日本南北朝的北朝小松天皇，雖然和老爹沒什麼騎牛牛之類的親情，假假地都是皇子，服了嗎？

重點是這個臨濟宗的古怪小和尚，中年之後，比花和尚更喜歡ＡＶ之道，勝我們的濟公哥哥何止一籌，更上十層樓。

後者最多咬咬狗骨，飲些中國紅酒土炮，不至於明槍明炮，青樓夜總會，3P4P。

但一休他是幹真的，雖然不是達摩老師的乖徒弟，但不是二祖慧可，甚至維摩詰老師可比，他們最多衣鉢一拋，狂酒當歌，週街拍拖，燈柱下開拖。

但拍馬也追不到這位，小時圓頭圓腦，肥嘟嘟的哈士奇和尚，他到了七十八歲，應該冚旗收兵啦，但他說：現在才開始第一次戀愛呀。

他媽的，這個嬋娟還是一個中年的盲婆，兩人公然雙宿雙棲，愛到甩頸，但一年半載，散了伙，然後才乖乖地做了大德寺的主持。

佛道中人，當然拍爛了十個八個木魚，粗口大罵，說他是慾海狂僧，這當然是傳統的夏蟲式的佛教觀念，跟禪宗的勘破想法完全是四五碼事，禪道雖說在平淡的生活層面起修，但離不開深淵平湖秋月，巨海大江的無常人生，季節人面心性深如冥海，你老哥怎知他的修為功夫，到了那一層？

之九　日本的儒將石田三成

先說個很意思意思的小故事，來自大哥我很熟悉的日本歷史。

德川家康得天下一役，關原之戰，他的對手石田三成，當年的緣起三碗茶，哄得豐田秀吉把他由一個茶僮，變為家臣，甚至是死後托孤的大奉行。

但福兮禍所倚，他媽的，孤身背囊，一條底褲，攀上了三峽上的懸崖絕嶺，看見了整晚呱呱叫的人猿部落，於是持手機，映張威相，手一滑，就此了帳。

也許這位仁兄，以為能夠嘆茶到晚年，一百零八歲過世，卻未知繼後的遭遇，連坎坷都不如，乃是一頭被宰的黑兔。

但他的三奉茶方式，其實也很適合各位慢慢飲茶上癮的標準，當各位兄弟下班，或運動練水回家，懂得討相公歡心的娘子，先奉上普通一杯放凍了的茶，相公一飲而盡，舒服到呢。

然後再上半杯溫暖的茶，好得很，清清口腔喉嚨。

然後是茶盤上一兩杯小小的熱茶，煙隨茶動，附以茶香，確是正式的口感，茶味片刻未散。

這就是三奉茶的品味。

好朋友問他：三成的石田，其他七成是甚麼？

他回答：是儒家給他的智慧。

此君是儒家的忠貞份子，崇尚儒學，廉潔不貪，頗有大儒之風，可惜在朝廷政壇，人皆貪得背後永遠有一列裝載利益的卡車。

他打著儒家的大旗，反而就是死得不能再死的原因，關原之戰，徹底埋葬這位幾乎到了聖賢級數的儒將。

之十　英國詩人，劇作家拜倫，王爾德

劇作家，王爾德（Oscar Wilde）的名句：

上帝給男人開了一個最大的玩笑，是創造了女人這種動物。

能夠推延到明天的事，今天最好不做。

大詩人拜倫（George Gordon Byron）也說：

只要男人觀看女人時，用眼和心去鑑賞，那麼全世界的女人都表示歡迎！

兩位詩人朋友，算得上最懂睇女溝女的大行家，雖然短命（王爾德四十六歲，拜倫三十六歲），但一生浪漫精彩，不單只在女人和戀愛中兜兜轉轉，特別是王爾德先生，年輕時喜歡美食和溝女，有美男子之稱，而且還是唯美主義

之父，可惜他三十歲後忽然走進另一條死胡同，身型發胖之餘，還突然喜愛同志，他自言非常非常痛苦，但是被迫接受！

本人有幾個醫生朋友指出，每一個男性都有這種生理上的危險，稱為男人更年期亦無不可，由於體內兩種賀爾蒙，因某類狀況失去平衡，大鑊兼陰功，分分鐘令你改變性取向，你老哥痛苦到想死亦無用！

男人狗賊的四十五到六十歲，是一個危險年齡，過了這個階段，又回復到正常狀態。

當然變彎轉曲，理由多多，先天後天，一個雷響，一個意外，也足以改命改心態。

大哥我喜歡結交各種人類，身邊也有些性取向不同的好友，但鄭重聲明，本人只愛狐，而且必是雌狐。

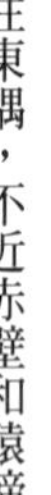

不想開罪朋友，這問題不談下去！

總之各位大哥到了四五十歲，如果你仍然喜歡漂亮的狐狸，不怕被她們牽着走，相反大爺你有玩轉頭的本錢和體力，恭喜之餘，請朝夕留意，特別是美食，爾德先生中年（其實三十多歲，也未必算中年。）放縱飲食，可能是原因之一！

至於拜倫先生，是溝女天王，憑他詩才和狂野氣質，無數貴族靚婆靚女，跪在他的緊身袂下，但他不是死在牡丹花前，而且死在希臘對抗土耳其時的炮火中，他本身是英國人，抱打不平，真是大英雄本色。

他在二十歲之年，橫渡達達尼爾海峽兩次，又是詩人中的經典。

拜吾家女兒乖鼠之賜，她心願是橫渡英倫海峽，也算是圓了寫詩的老爹半個發心。

最諷刺的是，拜倫最愛的女人，是一個粗鄙的農家婆娘，而這個婆娘居然看不起這個有膽反宗教反上帝，視傳統文化如無物的大人物，他自言後半生，一直為這個既不漂亮，又不懂文化的笨女人所苦，這是他媽的甚麼業力？

奉勸各位不想改變性取向的大哥，閒時上街，也不妨多買一兩本成人雜誌，十張八張ＡＶ光碟，要不然留意一些情色網站，好作不時之需，以妨禍起突然。

之十一　德國希特拉

中國的曹操。法國的拿破崙。日本的德川家康。德國的希特拉。

這四位仁兄的生平起伏，潦倒與起，龍戰於野，到雄踞天下，大哥我一直

喜歡尋源問根，對他們每一段時期，最關鍵的轉運時機，都知得清清楚楚。

為何勝或負，運氣是重點嗎？才能是最大賣點嗎？特別是對他們最重要的一戰，真神亞拉幾乎是站在他們當日決戰的雲端，看著之前之後的代價和結果。

希特拉的重點，當然離不開他迫害猶太人，甚至要滅猶太人的族，陰謀論多而複雜，包括是他有上天的使命，耶和華所托，替被猶太人迫死，釘在十字架的耶穌先生復仇。

大哥我高舉兩手一腳，不信，另一隻腳還是有少許保留，幾十年的離奇際遇，遊弋不少東西城市，遍讀羣書的效果，本人相信業力這回事，真的不可思議。

有妹妹問：希特拉當年（一九四一年六月）進攻史太林當政時的蘇聯，是不是很死蠢？

錯，他的目標正確，原因是看到了史太林的狐狸尾巴，也收到內部可靠的消息，蘇聯勢必插手德國的戰利品和屬地，不是分一杯羹，而是檯上所有食物，包括廚師。

趁著德國納粹的巔峰時期，一舉把這頭古惑的熊趕回北極，順天應人呀。又是中國人的金句：人有千算，天只一算。

希特拉的密底算盤，是夏天發動攻擊，冬天前就可以拿著熊皮回家，所以軍隊連冬天制服都沒有準備，這場是第二次世界大戰最關鍵之戰，德國納粹七十萬軍隊，實際可以回國，只有不到六百人，慘不慘？

鋼琴戰曲裏面的插曲都很動聽，現實版的鋼琴師史迪曼，是波蘭猶太人，有些朋友認為他未免過於幸運，大哥我不同意，很多時，人在某種力場中，可能更超乎想像，不可思議，一般人遇不到而已。

電影裏的鋼琴插曲，都是偉大鋼琴家蕭邦先生的作品，彈得最多是夜曲，

最後在德國軍官面前彈奏的，是第一敍事曲（Ballad No1）。

蕭邦先生，也是波蘭人。

之十二　曹操

本人是另類不入江湖的說書人，喜歡說不邪不正，線裝書中的故事神話。三國演義中的曹操是大奸雄，貶眼殺百人，但是霸氣得很，他的寧負天下人的金句，一直放在我的書檯，上床前，下床後，恭讀三次，到被逐出校門為止。

古代流行小說中的奸雄，到了本人細讀了資治通鑑，之後和很多政客手談，交友做生意，上檯賭德州撲克，才知道曹操是實際上的英雄。

最佩服他和徐庶先生的最後對話：儒家那一套行得通，天下早已太平盛世。

他的乳名阿瞞也特別有趣有意思，阿瞞也者，就是無實話可說。

此外種種解釋，傳說也多，但本人相信其中一個，是他喜歡說謊，而且很有辦法圓謊。

很對大哥我的嘴型，也從此不相信說謊是不良的習慣，他媽的，不敢說謊？還做甚麼政客，領導人那個不善於說謊？

這個少時並不了了的阿瞞，和其他公侯子弟上夜店，泡青樓，被富二代玩弄得一頭煙，特別是袁紹兄弟。

很奇怪，這堆荷花大少，明知曹操是古惑魔術師，大話王，仍然徹底輸在他的腳下。

公元二百年，建安六年，十月，在今日的鄭州，中牟縣，官渡之戰。

袁紹十萬大軍，敗在兵不足三萬，糧不滿三朝的曹操手下，怪不得曹操笑對滿朝漢臣，當年年少，被四世三公的袁氏兄弟騎牛牛，到了關鍵之戰，這隻喜歡說謊的野牛，一腳把騎牛人伸落田間泥濘。

之十三　日本德川家康

德川大爺在一五九〇年受命有猴子之稱的豐臣秀吉，接管封地關東江戶，他就是枕爛了幾多個枕頭，也想不到這個封地，一百年後，是香港新舊一代的馬騮，最喜歡去行街街，購物飲食十條街的地方，江戶，就是今天的東京。

曾經貴為征夷大將軍，德川家康的幕府，統領了整個日本九州二百年，他的豪言金句：我命中註定，一定是大將軍。

這個六歲就做了尾張國的人質，靠了命運帶來了的福氣，雖然命運崎嶇地離奇怪誕，憑了一個字：忍。

他的人生過程，絕對是極好的政治教材，置於四海今時今日，夢想成為大人物的有情，最好放在床頭。

兩場最關鍵的戰事，一六〇〇年關原之戰，打敗了儒家大將，石田三成，定下了大將軍的座位。

但大哥我認為另一場戰事，才是他終於走進霸主之門的入口。

一五八四年三月小牧山長久手之戰，德川可勝不勝，放生了豐臣秀吉，稍後自己索性向他歸順，借了這隻仍然不脫鄉村習氣的猴子，盪平了其他大敵，忍耐到第二代猴子上位，之後名正言順，坐上了大將軍之位。

德川不遑多讓中國的曹操，忍字訣比我們的奸雄更高竿，他其中兩個金句，值得我們儲藏起來：人在行運之時，神鬼俱驚。

憤怒，是人生的大忌。

日本戰國四雄，有幾段過癮的形容，說出他們的性格，其實也是大家的性格。面對不肯唱歌的小鳥，如果是武田信玄：他會叫下人威迫利誘要小鳥唱出來。

織田信長：要小鳥立即唱出來，否則焚燒整個樹林。

豐臣秀吉：等一段時間，看準了小鳥心情最好的時候，叫牠唱出來。

德川家康，擺明要聽小鳥唱歌，一直對峙，忍到對方非唱不可。

之十四　法國拿破崙

有妹妹問：拿破崙叔叔之死，和英國人有關係嗎？

很可能呀，一直有傳言是他是死於慢性毒藥。

四十六歲後囚禁在大西洋的聖海倫拿島，曾經叱咤風雲，視歐洲國家如無物，一手插於口袋，一手持劍，孤獨五年的日子，和被埋百年於沒有星光的陋室，有何分別？思之嘆息搖頭。

不同於德川家康，德川一生受命運所庇，也從來冷靜清醒如狐狸，緊守一個忍字。

拿破崙四十歲後，好運和他深愛的妻子決然離他而去，病患纏身，長子戰死，他在最重要的滑鐵盧之戰，兩個本來可以避免的錯誤，令他跌下不能翻身

的深淵。

一八一五六月十八日，滑鐵盧之戰，英法對壘，本來預算在清晨六時開打，連夜大雨，戰場泥濘塞路，身心俱頽的拿破崙，決定拖後到十一時，這就是致命的五小時。

兩天前的另一場戰役，法國格魯希元帥追擊普魯士的大軍，沒有徹底戰勝，也沒有準確的回報，結果等於放生了由布，呂歇爾統領的普魯士軍團，兜了一個大圈，及時在黃昏趕回戰場，和行將一敗塗地的英軍，反敗為勝。

不妨想想，如果在早上六時開戰，誰是贏家？

拿破崙信命運，他的金句是：

我看見運氣經過的時候，剛好捉住他的衣領。

很矛盾，相反是運氣最不喜歡人家拉手拉腳，轉頭就是一個巴掌。

唉，這也未免殘忍些。

38

浪漫？不過是最肚餓時的炸醬撈麵，加條青菜，亦不外是上床的前奏。

吾友拜倫先生說：所謂浪漫情懷，不過是條在你老哥體內，在適當時候，出來和你打個招呼的毛毛蟲。

活在體內的是有機生物，是蟲一樣的細胞，不生不滅。

這位詩人哥哥，生前最感動大哥的，當然不是詩，咪咪媽媽，拖泥帶水，即使讀得原文，才有一丁點兒驚喜，不夠材料值得我佯揖半跪。

但兩次橫渡所謂英倫海峽，乃是甚有運動家風範的行為，雖然和今日的航道不同，究竟都是海峽，不見得中國的今古詩人，會橫渡長江或黃河，他媽的，真羞家。

東方式的浪漫固然存在，雨煙雲霧何其千古，皆有一樣的風貌，相傳東西方的文人浪客，帶一枝文筆和不到三尺的長鋏，就去行吟，夜宿麗春院或聚春樓。

通常的長劍，是二尺四左右，二尺八也者，是斬馬刀，執慣毛筆的詩人，有何手力揮得動？相信掛在馬傍，沿途也會聽到坐騎的媽媽聲，所以足以證明：文人喜歡講大話。

躺於詩和長賦，在策騎和飲馬的時空中戀愛，莎士比亞先生筆下的意大利廣場，露臺的盤花旁邊的十四歲女孩，經常帶著成熟的情慾心態，悵望下面的華服少年。

十四五歲成熟了大半的外國女孩，自然是渴望和異性上床，浪漫個屁。

浪漫？不過是最肚餓時的炸醬撈麵，加條青菜，亦不外是上床的前奏。

這和李白先生詩中的長安貴族是相似的，但時空就是時空，像愛因斯坦哥哥所說的光，是無法求證的。

這個創造出相對論的兄弟，自己也承認，是一條色相中的鹹蟲，證明浪漫自有味道，半隻鹹蛋加半杯內有犀利士的紅酒。

天下有情，沒有人逃得出隨身帶來的人性。

朋友說：浪漫是戀愛呀，紅酒和低談淺唱，擁抱星期六的爵士，星期日的聖堂和詩歌，假期內的圓舞，永遠追求漂亮的潮流，和天人式的生活，甚至是一個背囊一把碎銀，就去流浪，在別的城市觀景，縱放自己的行腳，分享他們的生活和食物甚至文化，然後倦極回來。

我說：這不過是青蔥下，迅速即逝的四季，自欺欺人的詩人及窮鬼藝術家，療傷療飢之下的速寫。

及時燃亮，只有你傳統一生的激情，我們只有一個何凡古怪的旅程，只要細心思量，就分得出，即使是只有短速的三四十個秋天，你也知道其他的三季，以怎樣的形式，在你的體內存在過，但真正的浪漫，其實是會衰老和靠不住的，是間中甦醒，和瞬間變奏的人性，連友情也算不上，不過是一顆顆，暫時釘在家中牆上的長短釘。

妹妹問：容易感動，流淚於所有互動的時空交替，命途際遇，是一種浪漫嗎？

我說那不過是一種拾貝式的餘情，拖着手去看沒有擱淺孤舟的海灘，偶然也坐在顏色的墊布上，抬頭遍數，吮飲風霜的黑洞星辰。

到了六七十歲，髮落如窗外微雨，記憶裏，年青時的掀眉笑貌，每一年的悅目景觀，業已遠得像北京琉璃廠外的冰糖葫蘆。

問世間，情是何物？直教生死相許。

浪漫？不過是最肚餓時的炸醬撈麵，加條青菜，亦不外是上床的前奏。

他媽的，這不過是情的另一種風情畫，一碟牛筋腩，也比它有味道。

問老翅幾回寒暑？

老翅一定答：與你何干？

39

杜甫先生諸葛侯，草堂廊裏憶中祠，輕說低徊，一覺曉來，不過是一場幻夢。

歷來認識我的兄弟妹妹，多數知道本人只喜歡現代的情色。早年在四川，沒本錢放在檯面的大生意，仗著當地的寨主關係，由成都，綿竹，都江堰，重慶，三峽，四萬八千個歷朝風貌，可以說去就去。

只可惜本人討厭這種風雅之行，萬種風情，都被大哥我這個俗物浪費，真是罪過，他媽的，四川的名產，只有辣妹。

大哥我從來不會顧忌甚麼山花野花，但辣得起煙的花，謝謝一家儂，不沾，何必濕手伸入麵粉堆。

除非兄弟自問：大王不怕食辣椒醬，否則在四川，勸你真是路邊甚麼花都

不要採。

有年隨生意團隊的兄弟，一時錯口錯手，摘下來的不只是野花，累死了自己，這朵極品的花，是成都指天椒道地的製品。

蜜糖生涯是個夢，他的妄想生涯變成了詛咒，一個月左右，跟著是正本戲：颶風營救。

他媽的，這個不擅採花的兄弟，一直在大哥入川時敲鼓邊，有義務完備帶他回港交人。

大哥我對這等風流招來的孽緣，假浪漫，應對之道，強過吾友蠶蟲莎士比亞百倍，非常簡單，叫這個自以為真的懂得嗜辣的兄弟，只消如此這般（下刪七千字……）保證安然無事，還你一個香港硬漢之身。

十幾廿年，長江風浪拍滔天，只怕銀河系的分流，也是江南的秋天水，大哥我從來不怕水濕身，只信命只一條，好命之人自然有路可行。

否則三岔路口一盞燈，隨時了帳，插翼也逃不了。
成都杜甫草堂，諸葛武侯祠，大哥都是在當地夥伴起哄時，勉為其難，在保鏢羣擁下打了一個白鴿轉。
在杜甫先生的雕像前起了個揖，默默說道：你老兄和我都是寫詩的人，你寫律絕，我寫現代主義，同樣心懷大志，你發了願有華廈千萬間，盡庇天下寒士。
做兄弟的只有錦上添花，每位寒士加送老虎和狐狸各一，每年最佳AV十隻，實際過在天堂等待的十二位處女，以表寸心。
有位妹妹說：你老哥也喜歡拜佛讀經，內地名寺古剎多得如糖漿上的螞蟻，你去得幾多？
且慢，大哥我從不拜佛，隨眾入寺，只是四方合什一揖就算，事關在泰國多年，合什就等於基本禮貌，哈你老友，握握手，先做個將來齊齊咬飯揾食的

杜甫先生諸葛侯，草堂廊裏憶中祠，輕說低徊，一覺曉來，不過是一場幻夢。

朋友。

雖然如此，早幾年經常在杭州，也不單是在雷峯塔，斷橋上兜兜轉轉的。總也希望遇見白素貞姐姐，問問小青的下落，狐狸沒有，蛇精也〇嗝，白蛇還是留給許仙老弟吧，好歹都是讀書人，半個行家呀，雖然他讀墨汁很臭屁的線裝書，本人一嗅之下，曾經由山頂跌到山腳的小溪。

40

一傘在手，稍後雨歇風涼，一杯熱茶觀彩虹，勿忘多帶一衣。

有部電影：富貴滿華堂（Apple Anne）。

裏面有個社團大哥，每次出外做大茶飯，講數四四六六，事先必定在附近街頭小巷，找到拿著藤籃賣蘋果的婆婆Anne，跟她買個紅綠不分的蘋果，社團大哥說是采頭，今時今日的潮流，叫幸運星，吉祥物，諸如此類。

這個故事在香港，重新由成蟲和梅豔芳姐姐演繹，當然是舊的一部外國電影好看，格連福特，比提戴維絲演的：富貴滿華堂！

其實世上有情都帶多少迷信式的倚賴心，宗教信仰啦，佩戴神僧大師，開了光的法器佛牌啦，一條頸鍊，手抱的洋娃娃，運動員也不例外。

世界級的運動員同樣有如此行徑，比如說在網球比賽前，一定要掏清袋中物品，一個銅板甚至一張紙巾都不能留下。

心理上的迷信，以游泳比賽的泳手佔了第一，第二是網球手，七十年代，頂尖的美國球手占美．干納斯，會把小型的飾物相框，珍而重之，放在球袋，帶入球場，相中人，是他的娘子或蜜糖嗎？

錯了，是他的祖母，也是他心理上的伯樂和知己，在他的球手生涯，真是祖母隨身帶，不斷提醒他，作為偉大的球手，就應該不斷攻擊。

此之所以，在網球史上，只有兩個球手的正手攻擊最好看，一個是費達拿，另一個是干納斯。

事實上把家人的肖像作為幸運星，也值得鼓勵。

吾友前香港女子網球冠軍，希麗敏。

她後來轉打世界職業賽，她告訴我，有時忘記了帶吉祥物，必輸到七彩，他媽的，學了乖，索性紋在身上。

這種風氣，在世界運動任何圈子，越來越流行，不只是紋到花斑斑的足球佬。大哥我早些年也心思思，想左手紋隻跳著的老虎，右手紋隻終日V嘩大叫的老鼠，但怕痛，算了。

有朋友問：你現在有這些心理上的迷信嗎？

那當然有，大哥我每次打球，練水，做買賣，開會議，踏出街外，如果遇見不漂亮，身型不好的女人，女孩，狐狸或果子狸，慘了，這一日必然是諸事不吉！

相反，看見迎頭碰面，儘是喇叭之花，豔光四射，短袂飄飄，長裙曳曳，米色瑜珈褲，隱約是海灘上三點式爆破身型，乖乖，這一天肯定時來運到，大殺七方，玉皇大帝，諸天菩薩，各位如來老師，誰與爭鋒？

41

重色何來傾家傾城，不由因果，花草固然可摘可種，只憑隨心勘破。

妹妹問我：狐狸和果子狸有何不同？

雖然同屬狸類，境遇切實不同，前者可遇不可求。果子狸也不是隨街賣，橫山樹密花草林蔭，亦未必找得到，斜遮粉面惟一帕，論時不論值，只欠風流漢，不予採花狼，他媽的，不知甚麼狗餅詩人的形容，又果真貼切。

她們的世界，正是最接近修行人的層次，在北京時罵過一個佛門大德，他說墜落到要做狸子類的女孩，是因果報應，大哥我順手一掌，把他面前的木魚打得粉碎，破口就罵，因果之道，無分彼此，用我執之眼，看待你以為在受難的有情，即使你是菩薩，亦請準備入無間之獄。

另一位老師說：真正的修行人是慾少情多，絕對不會與狸子甚至狐狸為伍。

我說老師，你也錯了，修行人若能不離貪，嗔，癡，不離情色之相，不離不捨不昧，到底一勘而破，乖乖龍之春，很高桿了，才是可以進入菩薩級數的境界。

因為情色也者，正是修行的最大關口，過不了這個關口，即使你已經是大羅漢身份，可以隨時出竅在銀河系參加渡海泳，頂多做個銀河守護隊的東廠小頭目。

再說有個可以列入禪宗的公案：

唐老三的弟子窺基三車大師，他的三車：靚女，書本，美食。

其中一車美女，大概也不是澆水淋花，替他按摩搽骨，煮煮牛扒咖喱的。

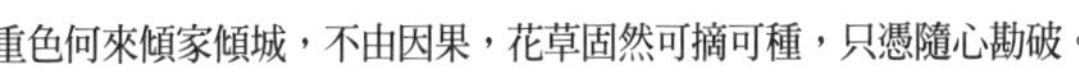
重色何來傾家傾城，不由因果，花草固然可摘可種，只憑隨心勘破。

說過上帝似已死的尼采先生，同時也說：任何一個城市的果子狸行業，絕大部分的原因，是因為經濟理由。

說緣起果報，是由於多生業力，已經落伍，請各位大師神僧多些上網，查查甚麼是宇宙的重力場？人類總以為憑自己的心願和計劃，一步步像賽車手，就可以完成既定賽程。

錯啦，只要一隻哭著找媽咪的小小鳥，就可以擊落一隻747，多讀點書啦，拜託。

說大陸沒有果子狸的，最多是七八品，芝麻花生碎的官員。

喜歡讀歷史讀小說的朋友，自然曾經神遊甚麼麗香院，聚春樓，甚麼花魁，甚麼名妓，知道西環是舊日的石塘咀。

中國的青樓歷史，絕對可以寫一系列的百妓全書。

一個臺灣名作家，極好的朋友，上天行街街之前，送給我一本歷代妓業精華録，絕非研究男人的精蟲和女人的子宮。

而是如何訓練出色的果子狸，和介紹歷代名院傳奇，是世上惟一的孤本，比罕有的雙龍光緒銀圓更矜貴。

如果說這行業已經式微，不如說所有的男人，因為賀爾蒙的問題，已經不愛杏子愛菊花。

不需要甚麼核子戰爭啦，人類很快就死得乾乾淨淨。

中年時傲遊泰國，漢城，澳洲，後者有間上市的果子狸店子，韓國和泰國的果子狸業，是名正言順的專門店，大哥我在任何地方，都有這類狸類的朋友，請不要說本人濫交雜友，其實人乘之道，待物接人，只在一個誠字。

與人於善，六道輪迴，道道都是好朋友，對嗎？

42

猶記得疾上斜坡，驟雨洗淨足前路，兩邊繁窗不掩。

香港年年有段寒而未雪的隆冬，有幾年在一個小小的泳池操水，池水像一層常年被雪封的薄冰，這個泳池在上環，一條斜路的盡頭，中華基督教青年會的地窖，我的游泳教練經歷，是從這裏開始的。

最好的回憶，是每年在這裏籃球場的聖誕節舞會，偌大的籃球場，可以實戰學回來的圓舞，狐步。

我常說自己是乖乖學生，學任何東西，都知道從基礎開始，真好。

那段時間，我還以為稍後會在英國的黑池比賽，跳舞是最痛快的享受，之後在隆冬五六度，積雪的早晨，喝一杯不加糖和伴奶的黑咖啡，馬上暖入胸臆。

一個學生跟我說：泳池真是一浸解千愁？

我說十六七歲的小女孩，懂甚麼千愁萬愁？

五十年前，輕巧清秀的身型，名校女生，到現在仍然能夠記得她的名字，也記得有次和她在舞會，跳最值得摺入記憶的華爾滋舞，當時很悅耳，今日也動聽的歌曲：最後的圓舞。

那時我有一對漆皮的跳舞鞋。

猶記得疾上斜坡，驟雨洗淨足前路，兩邊繁窗不掩。

43

說心無罣礙，亦真無所思，一食一飲不穿腸，罣礙無非身外事。

長時期在練習和比賽，一個偏嗜，就是喜歡吃肉，和辣，辣得連湖南的大叔，北方的披風大漢，齊齊一揖，送我一匹只有好漢堪騎的紅馬。

在泰國做寓公時更利害，他們有一樣菜色，醃好的蝦，浸在辣椒和蒜蓉汁內，伴以紅青的指天椒，放入口中，一隻蝦就是一口辣椒，也不須要一枝可口可樂，是辣的氣味從頭髮沖出去的境界。

長期如此，後遺症是痛風。

那時的醫生說：痛風不能喝紅酒，吃太多肉類啦。

我問：可以偶然喝一點嗎？特別是從冰凍的海水上來，沙粒還黐著我的腳指椏。

醫生說：不怕痛嗎？

怕呀，痛風的突然，像遇見不想碰面的女孩，一開門就看見，笑容滿面是她，難堪是我，只有祈禱，千萬不要是徹骨生寒的隆冬早晨。

但是也很簡單，如果是下午趕去網球場，這就往醫生打．針就好了。

我想：怕痛怕傷怕寂寞的日子，早就隨著馬克吐溫筆下那個頑皮孩子走了，也許依舊躺在一直被流放的木筏上。

下次從石澳或淺水灣的冬天，中午上岸，踢起一片碎沙水草，也許去喝一杯啤酒吧，雖然五十年前我的醫生朋友一再提我：毋忘痛風。

現在一個醫生朋友告訴我：痛風改喝豆漿吧，沒有關係呀，豆類是植物，和眾生是好朋友。

對，我和眾生，都是好朋友，我們喝又熱又濃的豆漿去。

44

色相如羚羊掛角，風中蜂鳥，湖邊反照，一彈即碎。

剛剛看過一部印度電影孟買女帝（Gangubai Kathiawadi）。

不可不知，印度的男人，雖然評價甚低，等如地痞的狗賊，但電影的水準，并不輸其他荷里活，甚至大師級的作品。

電影是頗過癮的故事，講妓寨妓女，對大哥我而言，不是自高身價三千倍，蓋甚麼行業都是人，無分層次，層次在於人的本身，是屬於形而上的內涵表現，與他媽的上中下流社會的地位無關。

在女權較低的城市，沒有教育文化專業才能的妹妹揾食，離不開以身相許，做的是服務男人狗賊，沒穿衣服，剝光猪的情色行業，日本自然是老大哥，南韓和泰國是小弟，姐妹倆都做得非常專業化，香港和強國一百年都搞不出來。

中國古代這一行，甚麼樓甚麼院，出色到玉皇大帝以降的滿朝文武，都經常下來光顧，大哥我手頭資料多過金瓶梅和肉蒲團，真要寫情色小說，渡邊淳一大概要靠邊站。

很討厭用淫形容這個行業，他媽的，這個字何嘗不是男人狗賊一手搞出來？

而且一個淫字，也絕非單純用在形容色相，色相也不單用在床上的動作，請多讀讀書吧，拜託。

早年有個在臺灣的朋友，出家剃度炙了九個香噴噴的戒疤，十多年後回家

色相如羚羊掛角，風中蜂鳥，湖邊反照，一彈即碎。

修行，以靚靚髮型師的作品亮相，大哥問他為甚麼不繼續在寺中獃下去？

他面上一紅，大家哈哈一笑，第二年娶了漂亮的娘子。

彼此知道只要是人類，一生難逃，六根六入十八界，算罷啦。

無論是古代現代的色情行業，超然而獨立，貴族王侯，草根庶根，總之有男人狗賊的地方，就有這行。

顧客是大爺地位，絕不會有玩死人客事件，雖然背後一定有人撐腰。也等於飲食行業，有平有貴，態度認真專業，如非人客過份難纏，不會勞動後勤保安處理，相比香港和強國，他媽的，表面上是城中無妓，實際上處處是鳳叫雞啼。

有年有次和某公安大官提起，究竟國內有沒有這門行業，他說，這門生意是男人帶進來的，似有實無。

好傢伙，不愧是黑格爾的徒子徒孫，辯證法讀得百分百滿分，到粥滾到起漩渦之時才落瘦肉。

不過，有果子狸的地方，是他們帶我們去的，或是他們把她們帶過來的，有趣有趣。

有年國務院一行十多人往澳洲公幹，本人接待，晚飯過後，想去剝光豬市場觀光實習，也是他們提出的，修到了出有入無之相，比菩薩高桿多了。

泰國的女人比男性更硬朗，而且整個國家，也沒有看不起這種行業的觀念，很多做到年華老去的果子貍，大多已經儲得一筆回鄉買地的銀両，黃昏後坐在後園青草地，遙望曼谷方向，晚霞和舊歡舊客，彷如一夢！

比你我的晚年，可能更寫意！尤其是傳統那一撮泰國人，喜歡育女多過生兒，女兒也總比男孩黏家，特別是清邁清乃的漂亮女孩，賺錢養家的想法，以身體為生意交易工具，并無半點不潔和淫賤呀。

大哥我長年在曼谷，而且一向喜歡交友無休，絕無貴賤等級之分，自然也

色相如羚羊掛角，風中蜂鳥，湖邊反照，一彈即碎。

包括這些在魚缸認識的朋友，閒話家常之際，也非常佩服她們的養家，和歸根觀念。

曾經送別一兩個這樣的妹妹，在列車站頭，一聲珍重，應無所住而生其心。

這就是上天菩薩望下來，有情的人生。

泰國有一個明確的法律依歸，夫婦散板分手，兒女撫養權多歸母親，一家人自小就有母愛的薰陶，黏家黏到九十歲的家人，永遠是社會地位不高的女兒！

45 人間道，并無所謂夢幻，如露如電亦不對，不應作如是觀，如是想。

之一

六十年代，香港的北角區，每星期泳會練水的地方，是麗池，下午時分，大哥提早，來跳跳水，吸吸女。

入場費是五大元，那年時，是飯店餐廳一碗叉鵝飯不到一塊錢的人間世。每日下午日落時分，總有個穿著白色三點式，身型好得出奇的女孩，在跳水板上彈來彈去，泳池旁邊的荷花少爺，所有的烏龜瞳孔，自然也上上落落。

當年的大哥我，一半的骨頭還屬於正氣正經，一身皮膚，黝黑而帶多少書卷味，蓋本人那時在文化江湖已有多少地位，不是倩女幽魂那個一窮二白的書生可比。

果不其然，皮膚身型都極不正經，騷味十足的狐狸，三兩日後，就坐在書生和強盜一半半本人身邊，不過絕對不是蒲松齡兄弟的書中內容，也并無AV情節，文藝得很。

很多朋友問，狐狸級數的女孩，是不是漂亮，有學問，懂得風情風韻，身型世姐？

錯，能夠形容出來，不外是一朵名花而已，真正的狐媚，恐怕是所謂言斷道絶，正是無可形容之處。

遇見她的時候，仲夏，燙熱如火，到了九月，一個星期沒去，再去只見平靜的跳板。

她一向有個隨侍在側，一條也穿三點式的青蛇女友，走過來告訴我，她走了，我還大笑三聲，說：去了外國嗎？

青蛇說：不是外國，是天外。

大哥黯然無語，自問豈是無情漢，雖然一直沒有甚麼約會，彼此可是搽過太陽油，玩過比家家酒更貼身些的遊戲呀。

怪不得每次見到她，跳上跳下，縛在她左手手腕的絲巾，比她的短髮更搶眼，後來才知道，絲巾是遮掩她手腕的深層刀鎅。

往後幾十年，很自然記起她的深黑髮色，白色的泳衣，即使策騎西山橫嶺，飲馬江南，始終有這頭狐狸在跳板的身型巧笑。

之二

九十年代在曼谷，賞花不是寡人事，經常和談得來的奸商兄弟，貪錢的老友，閒去酒肆教坊，一箋召來都是妾，巧得入門入竅，遇見一個短髮短得很有熟悉感的狐狸，更觸目的是她的左手手腕，也經常縛了一條絲巾。

人間道，并無所謂夢幻，如露如電亦不對，不應作如是觀，如是想。

之後那些晴雨後，猶帶些虹彩顏色的傍晚。

她常來我的小築串門飲酒，也真是穿白色三點式，在我家露臺，遠指是周拍耶河川，她通常飲威士忌加半罐梳打水，邀飲舉杯，也不覺惆悵，憔悴嗎？也不會，她三十歲，芳華正茂，是遍插玫瑰的年齡。

我的泰文不成，她的英文三十分加母語一百分，居然可以談遍天南地北。

秋天十月，她說：可以來香港找你嗎？

我說：可以可以。

稍後在十一月香港，應冷未寒，還是短褲T恤，只是汗後生涼。

一個早晨，她的朋友的電話告訴我：人又走了。

大哥我遙祝一杯，并無傷逝傷感。

狐狸不留猴居處，只臥天外無憾天。

兩個嬋娟繫縛的絲巾，就請解下來吧。

46

不懂適時微笑，怎知道甚麼是禪？禪在行住坐臥，也在茶中。

茶煙漫漫，可以看到甚麼嗎？

倘若是剛沏的茶，茶煙是一個個上昇的圖案，一顆星在昇華後的碎片，很勉強才可以看到，那是今天早上一袋沉默零錢的兩面，一面是正常苦澀地生活的歲月，我是老爹，退休的六十歲，感覺過去的季節，逐漸淘空我的骨節，放進去一種比薪酬更重要的儲存。

另一面是燃亮了中年策馬後，遺失在塵世的時空，不願呆坐窗前或亭中一隅的四十歲，激情如醉後的斑馬，揚鞭的記憶，等如迅即走遍一千個沒有汗漬

的荒原。

喝一壺熱而濃的茶吧，彈指就看到茶面上，幾十年青蔥歲月，由熟悉的山頭滑落，多像一條放了千年，忘記裁剪的絲綢。

住過的故居，故人，逝去的寵物，對了，曾經有一頭和我一家很親近的小狗，總是喜歡看著乖鼠女兒背著書包回家的樣子，沒有等到雪降的隆冬，就突然走了，也沒有眼淚可流的黃昏。

那些上學的日子，物理學的老師，英文科的嬸嬸，教國文的北方文人。顯然還沒有教曉我們，在遙遠的東方，把一些傷感和善良的根，種植在體內川流兩岸的泥土。

漸漸地涼透的茶，也是最好喝的茶呢。

不在茶葉而是我思我想，還記得向長輩敬茶的黃昏，看霧的深夜，一杯茶孤獨地放在餐桌上，像遲暮的七十歲，整齊地躺在床上的樣子嗎？

不是的，年老是玲瓏的貨車，車上載了太多闌珊的俗物，於是步履每尺艱難。

漫畫裏不是有一輛經常變幻，稱為龍貓的客車嗎？經歷過無數秋涼冬不冷的四季，江湖千萬年載著不同的人面，和擦頰而過的蚱蜢舟，起一個稍有禪意的願吧，不許自己寂然歸去，即使來生是螞蟻，今世的收獲如此豐饒，我和其他人一樣，入暮的痛病早成為喝剩的餘茶。

以微笑迴向奉茶的後輩，是最好的回禮了，對嗎？

47

觀海擁魚，千愁如腳下之沙，貝殼內之秋雨。

即使兩三年來，疫情如玲瓏反轉了的燈塔，幾個星期日，爬出去，海水就在我的身邊。

湧浪豈可不會拉雲？一連串燦爛地爆開的煙花，也在我們的腳下，一拂衣袖，中灣和南灣，甚至連小小的灣頭，都有過深層次的記憶。

想起村上春樹的卡夫卡的海邊，叨天之幸，七十年代，我也有這個故事內容相似的際遇，由夏天跨越到另一個明年的初秋。

我一家人很喜歡海灘，女兒乖鼠比我更愛海，她是多生以前，曾經移根於阿特蘭提斯的人魚，也未可定。

她告訴我上次就有一條小海豚，伴著她由淺水灣游向深水灣，我說：妳真幸運，海豚是海中繆斯誕生的嬰兒。

淺水灣一衍雅逸瀟灑，九十年代，大哥我在澳洲，黃金海岸，那裏的長灘都不如這裏，稍後在希臘，清晰如透明禮物紙的海邊，岸上燈盞如凝結靜止後的小型瀑布，由海底晃晃而上，但不是東方味道的闌珊。

回首不回首，都沒有驀然尋覓的感覺呀，也不是我想像中，在黃昏的樹蔭，掛一張吊床，躺到中宵，冥想兩個更次的海灘。

我想像中的海灘，旁邊就有個偌大的寧靜海，沉默得只有潑石的聲音，不是禪也不是蟬叫，早些年有部電影，茱迪科士打的contact，在另一個抄襲了她童年記憶的空間，秋天的海灘，沙不會隨著葉動爬行，又重遇欠違了的父親。

令我感動就是那個海灘，連詩也不能夠形容的感受，靜得這樣神祕和含

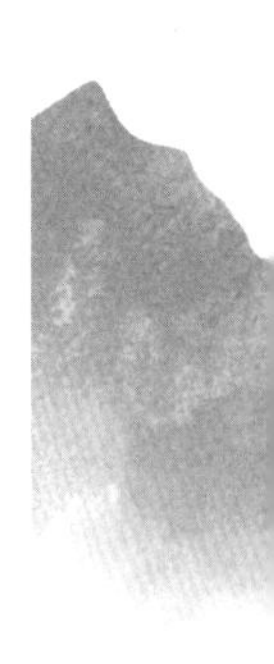

蓄，是集中所有歲月去交換一小時也無憾的境界。

是不是深夜在海灘都無所謂了，透明見底的海底是很可愛的，也許可以看到，和女兒一起傲游的海豚呢。

這值得我們在臨終之前，起一個大願，願來生即使更愁來愁去，請給我們一點禮物，在夏秋的晴雨假日，擁有多些海灘的回憶。

48

惆悵舊歡舊地，多情應怕夢，甦醒仍未休。

遙寄給老師：陳震南

凡人有夢不輕留，只因未到睡入極深處。

蓋所有的夢境內容，都是古惑難捉的兩峽之猿，休想一手抓住牠的尾巴，暫醒之後，可以再睡入前段夢境嗎？

可以嗎？露從今夜白，對了，每晚的夢只是一列不同的列車。

自古以來，學佛修行，昇班啦，可否做菩薩或摩訶薩，決定在夢境之中可否保持清醒，猶如徘徊在現實的明街陋巷，超市食店，酒樓夜總會，甚至在泡女揀老婆之時，是不是仍能知所抉擇。

夢迴百轉，依然想念著在地窖裏短短的泳池，少年歲月，冬天夏日，練水教水，一次緣起，遇到生命中最重要的老師，從此改變我一家人的蹤影情懷，沒有這段烟花楔子，女兒乖鼠也找不到她現在的燦爛命途，大哥我也沒有黃昏後的悅目陽光。

那些年，通常在每星期的三四天下午，由中環街市附近經威靈頓街，文武廟旁邊，斜街如梯，兩面是舊窗殘磚，未有半幅仿紗籠，大哥我背著行囊，一步步行上長長的石級，之後再走下去。

真像希臘神話裏，推石上山的薛西弗斯，這段行的路程，一篇在中國學生週報，全版的短篇，十年後在商業電臺，是拿了一百分的播音小說。

今時今日，境和夢仍是長居不走的惡客，背著泳袋的便服身形，時或出現在朦朧如霧氣的四五更。

這個大概二十公尺的泳池，是在中華基督教青年會的地窖，在必列啫士街的盡頭。

冬天泳凍如雪，真的只有六七度左右，大哥我在六十年代，七八度左右的天氣，在這個泳池暢游了幾年隆冬。

暢游也許是假的，有勇氣是真的。

凍得死人的天氣，一眾在淺水灣練水，有些十六七歲的馬騮泳手，一條泳褲就直接下水，海面可是碎浪加冰，唉，如此瀟灑如夢，好在本人若干年前，也一樣擁有過。

現在仍然在泳賽中的好朋友，應該還有在這個泳池的回憶和感受吧，在這裏的緣起緣聚，有堪拜的老師，可敬的教練，可愛的猴子泳友。

老師陳震南，人稱契爺。

他做泳會教練之外，是在一間無人不知的保險公司上班。

惆悵舊歡舊地，多情應怕夢，甦醒仍未休。

在清朝末年，慈禧太后還是幕後皇帝的時候，一個古惑而貪的大臣，拿了一筆建造頤和園漏出來的銀両，他的下一代和英國佬搞了一間保險公司。

就是其昌人壽保險公司。

這個大臣姓盛，盛宣懷。

49 不妨開開心心，探討不可思議的靈異事件，上窮碧落，但不下黃泉。

每個人間有情，多生的業力，也有個氣場或稱之為磁場，牛頓先生以為整個銀河系都有種無處不在的，叫做乙太的東西！

但更精彩的是，到了吾友愛因斯坦時期，才發覺乙太，比銀幕上的漫威人物更不可靠，問題是光這種東西，靠甚麼傳送它的速度？

到了現在，仍然是一個謎。

雖然耶穌先生說：我就是光。

光開始和迷離境界有關。

本人有些朋友，真真正正和不可思議的境界有溝通。

在外表也看得出來，彷彿有條似有或無的手機專線，在某些場所，自動一搭就通，大哥我在這方面頗有專業水準，是因自小嚇到大，又兼早早就接觸佛經，索性放大八卦去鑽研另一空間的靈異事件！

到了今時今日，與其說是靈異空間，不如說是物理空間。

吾友康子先生說得很對，其實任何時段都可能撞到正，最活躍的時候，大概是黎明露曙光，陰陽交替，遇到有些不速之客，是等閒之事，不過多數打個招呼轉身就走，蓄意嚇得你一秒鐘跳上十層樓，機遇率甚低！

有部由一個小男孩主演的外國電影靈異第六感（the sixth sense），他和自以為仍然生存的教授交上朋友，日常生活，也遇見其他希望和他溝通的靈體，雖死而不死的心態，跟任何人突然失去了東西的心態完全一樣，不甘心，不相信。

本人身為電視臺編劇時期，也有一個短篇，參選美國艾美獎，故事就是靈界有情，仍感覺活在當下。

有次打網球時，無端端遺失了手提電話，明明放在球袋裏面，在來路上尋尋找找了幾個鐘頭，以為手機事件根本沒發生過，起因就是三個字，不甘心！其實一時衝動，自殺成功的哥哥姐姐，可能亦是這種心理，以為自己仍然在陽間，而且一再重複又重複死前一刻的動作，也是由於三個字，不甘心。

恐怖但絕對是正常的心理狀態，想來心酸。

榮格先生和佛洛伊德，由亦師亦友，終於鬧翻成仇，這種迷離心理，就是原因之一。

50

當農曆新年是一隻等待泊岸的長船，歲月已如靜浪，復活節還會遠嗎？

由六七十年代開始，那時的潮流，跳舞開派對，由中學開始，在偌寬闊或否的客廳，搬開餐檯和幾張椅子，馬上等於倫敦黑池，真是一段悠長的浪漫。懂得跳舞和選擇歌者之歌，在這段時間，成了一個熱點。

大哥我在八九十年代在策騎江南，隨眾亦隨緣，也到過跳舞場所，大陸朋友也喜歡狐步和圓舞，

本人認為音樂和歌者，都不是香港六七十年代的浪漫感覺，東方人和西方

人的分別，在氣質變化，雖然不是猩猩便是馬騮，爬山擲石，是兩種截然不同的形態呀。

東方人跳狐步和圓舞，只有兩個字形容，是土氣，穿慣農裝的百姓可以改穿西裝嗎？對不起，今時今日，大哥同一句回話：可以，但變成另一種樣子，食慣禾蟲的鄉下人，突然改食牛扒？

大笑十聲。

很難演譯那年代的港式生活，也不算什麼東來的西風。只是西方的漁火泛舟，倫敦的鐘聲和塔內的風情，一匹匹絲綢的膚色，東方的人語在海岸遊走，慢慢就感染外國的因緣際會。

可惜二三十年的薰陶，慢慢更改，改得了環境江河，也改不到後來漁船漁火帶來的氣氛。

沒有甚麼叫做惆悵陌生的聖誕，猶之靜划一艘鋪了白氈的小船，坐著的嬋

娟，撐著不是遮雨的絹傘，岸上草如傳統下的慘綠，可惜冬天只有一種寂寥顏色，像化不開的濃墨。

那些年就是生活得如是簡單，四季都有西方薰衣草和藍色田園的感覺。

唉，也許尚有餘生，再聽聽鍾妮詹絲吧，她的歌聲像一條柔滑的圍巾，甘心被她纏繞一個不眠的晚上。經常給妳一個個的懶到極點，像抱着軟枕，而涼風在耳邊輕輕吹過的夏天。

冬天，是應該坐在茶座喝咖啡，或英式茶的日子了，聽聽鋼琴吧，看過泰倫鮑華和金露華的一部關於鋼琴家的電影嗎？

很多難以抛離的音樂，我偏喜歡一曲曼哈頓，也因此愛上了曼哈頓，雖然我從沒有去過紐約。

十二月還會遠嗎？今年仍有鬱鬱黃花，不過，寧可看見碟碟都是佳肴。

51

說起千載，只有千年不實的傳說，說起千世，并不是睡在南柯，只在一枕。

大哥我喜歡觀察人類，地下鐵，商場，身邊週圍，食肆酒樓。

外頭不是山海經的地方，雲衡億萬里，山上有山，路上轉彎路千條，見盡甚麼顏色的有情，無非是多型化的動物，間中因為大哥我的口花花，若干逐漸變成了我的朋友。

我的家，常常是猩猩，馬騮，花鼠，袋鼠，田鼠，老虎，大小豬，大小貓的俱樂部，邀飲紅酒，咬龍蝦共蟹，咬比外面更好的家常飯，抽正常動物不抽的香煙，貴價的香檳，諸如此類。

家中客廳，四個角落，連牆隅的地氈，都放滿零食，紅酒，白酒，窗臺有

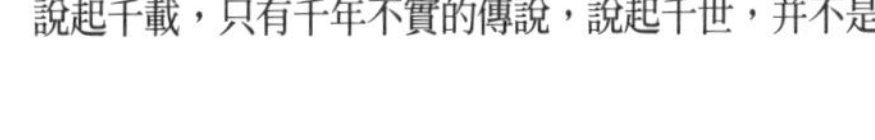

個三星堆外星人面具的酒壺呢。

彷彿燦爛的夏季就築營在這裏，只要偶拾，就看咖黃色的薯片，夾心朱古力，我最心迷的雞片餅乾，花生酥的味道在熱燙的咖啡面，沒有幾層的漩渦，一杯就記起下午茶的時段，高跟鞋和滑板車的聲音，那是年輕時一丁點城市的呼喚，我們不老，還可以向長街的盡頭衝線，身體如此多嬌。

有時和朋友蠢論前世今生，談緣份，父母和兒女是一種甚麼的緣分？是債項問題嗎？

債項分類多如咖啡的牌子，情債錢債，命債仇債，他媽的，願不知何世的恩怨都俱往矣。

有些朋友和兒女的緣份結得好，一點一滴種植出有花有枝葉，彷如幻雲如畫的盆栽，但很多傷心的母親，都有傷心的故事，看來一兩刧都解不開，傷了的心還好，自有可以彌補的家人，否則呢？

能轉換嗎？可以的，靠修行嗎？可以，容易事。

我們豁達些。

傷心的女兒，固執粗暴的父親，大哥我身邊最多這些例子，把脾氣發洩在兒女身上的家長，真可恥。

也許起於一些心理上的創傷，終於成為一道道欄柵，也不必歸咎量子理論式的業力因果，有塵世，就有這些比反物質更難認同的結使。

其實我們自己都有一條條解鎖的鑰匙，但是不知道遺失在甚麼地方而已。

找尋鑰匙的時候，請帶著猶如陽光當窗，喜悅塞滿胸臆的心情出發。

我的一家很早就和親緣不好的小朋友結緣，不論是離家出走，中途走課，怕面對心理有問題的老師校長而逃學，請來我家平衡一個下午。

天下無不是之父母？他媽的，真是狗屎之句。

天下偏多這類垃圾眾生。

52

有五層顏色的彩虹嗎？曾經喝過這些有味的假像，那是星光燦爛時。

有個歲月，彷彿是永不可能超越的季節，爵士音樂，圓舞，酒店的頂層，有偌大共舞的光滑地板，那時很流行喝雞尾酒，大哥喜歡喝酒精不高的杜松子酒加可樂，但心裏是想喝最考起調酒師的彩虹，七種層次鮮明的顏色，即使是今時今日，也沒有高手造得出如此效果。

那時我只喝過一次，在香港富麗華酒店的劉伶吧，但只有五層顏色，也許彩虹本身亦只有五種顏色，另外兩層，是詩人的要求。

一個在酒吧工作的好朋友，常醉而清醒，問我喜歡喝甚麼他調教的雞尾酒，我總是說：彩虹吧，就只怕你做不出来，七層的次序顏色，一層也不能少，可以嗎？

半年後，他去了酒店的大堂吧做調酒師，我和未是娘子的女孩是常客，聆聽可以終身繞纏的舊歌，真像秋天逝去，又在明年初冬的山頂小徑重逢的楓葉，我和它們握手，互道天氣下降了嗎？

大家都是喜歡季節如音樂會的人，散後去酒店的酒吧，邀飲暫停的歌手。朋友讓我喝他調教，也只有五層顏色的彩虹，他說：遲些吧，我讓你喝七層的彩虹。

七十年代真是看霧的歲月，彷彿追隨躲在横嶺的澗流，終將進入湖外的忘川，忘川從來都是不缺霜露和礫石，躺在溫暖的河底，看天問天的忘川。

那些年，香港的年輕人喜歡耽在酒店地窖或頂樓，一杯酒一隻爵士音樂，

有五層顏色的彩虹嗎？曾經喝過這些有味的假像，那是星光燦爛時。

相信此刻容許自己不老不朽的朋友，總記得極星頂樓的藍星，凱悅地窖的姐妹，那是一連串風鈴般的歲月，和那個年代相比，香港現在的浪漫，小妹妹筆下和胸臆的浪漫，只不過是西部電影，蓬車上一根偶然落地的枝椏。

在曼谷的私人會所，認識了藍星姐妹，她們是十姐妹，後來變成了好朋友，常常唱我喜歡的爵士，我從不驚嘆際遇，任何緣起都是在浴缸冒起來的泡沫，終會流入深渠。

那是九十年代，不過是一個彈指的動作。

前兩年碰到已經斑白微禿的調酒師朋友，在西環有自己的酒吧了。

他的娘子長髮仍搖曳如風，像肥了兩個碼的伊莉莎白泰萊。

他說：來喝我調教的彩虹吧。

我問：現在可以做出幾層顏色？

他說：也許六層，第七層始終做不出來，紫色。

大哥笑笑，紫色是我最喜歡的顏色，也許仍然躲藏在霧氣深邃的歲月。

稍後和娘子說：

我們看霧去，順便喝我好朋友的六層彩虹。

有五層顏色的彩虹嗎？曾經喝過這些有味的假像，那是星光燦爛時。

53

四月可愛，暑假可貴，惟有捧起一杯咖啡，才懂得輕輕地攬住秋天和隆冬。

懷念爵士音樂的朋友，當然也在懷念圓舞的日子，黑色的舞鞋，飄起的裙裾，輕輕一轉，是一連串不經意掠過的浪花了，記憶中有秋冬寒來的尖沙咀碼頭，每年十二月的聖誕，香港的氣氛，真像在街頭放置了，一棵棵會唱歌曲的楓樹。

稍一彈指，明明是十二點三刻了，我們從舞會出來，從教堂出來，從田納西的圓舞曲出來，自覺跳了一夜很瀟灑的狐步，自覺一生會愛上帶來的舞伴。

這是我們的青蔥歲月嗎？鐘樓仍然存在，五枝旗桿仍然存在，彷彿懸掛上去的，是用積年的皺紋縛著的紅氣球。

渡過所有的派對，是一系列排滿歌詩班和祝酒的數目了，祝我們繼續多福多壽，這個城市常常只是一丁點兒的擱淺。

懷念圓舞當然也很懷念爵士，我們不再年輕那年，喜歡啜飲一九八五年波爾多的紅酒，到經常跳舞的夜總會，聽歌星朋友的唱歌，露臺外面是寧靜海和沉默的煙火和街燈。

對朋友說：唱些我們喜歡聽的歌好嗎？

或者叫侍應送一瓶酒給唱歌的歌手。

大聲地呼嘯，那是比黃金更好，青蔥蓋過萬千個叢林和瀑布的歲月。

那時我的偶像是英格烈褒曼，想起最後霧氣深深的機場，看著曾經深愛過的情人，終於乘翼飛去，那是加薩布蘭加，秋天了。

我家的女兒上月才從那裏回來，看過電影裏的北菲。

香港是一隻輪渡吧，午夜載著很多人的身影和歸輿，靜靜地拉起甲板，船邊的黑浪是廢棄多年的過時裙子。

明明仍有笛聲琴聲，明明有熟悉的太陽，遠離了海明威和福克納，甚至拜倫和雪萊的年代，離開五枝旗桿下我們等待過的人，那些日子，怎樣用菩薩的彈指，眾生的眼淚，都喚不回來，也許已經和我們體內的骨架，靜靜地腐爛。

要特別提起Johnny Mathis，他的一首Certain Smile像一個個平靜的滾雷走過，驀然記得，在胸臆邊陲，幾乎忘記的小說，當年十九歲的莎崗（Sagan）：日安憂鬱和微笑。

我也看了電影版：花都春夢，超喜歡主題曲A Certain Smile。

稍後在電視臺我的劇本，也抄襲這本小說內容：十七歲的女孩，愛上父親的好朋友，女主角：容惠雯，男主角是好友：思維。

更有趣的是，配角閒角，找來一批泳手小馬騮泳友。

各位，有看過：空著的鳥籠嗎？

四月可愛，暑假可貴，惟有捧起一杯咖啡，才懂得輕輕地攬住秋天和隆冬。

54

這是封不寄的信，不遞的傳音，卻願是南瓜變成的馬車。

總喜歡傳統一些的小曲，也知道曾經有段仍然熟睡在網球場畔的歲月，一千年朝夕，就只能有一個如願的嬋娟。

我那時終宵尋她千潯以外。

也許躺看岸畔的羣山，她就在橫枝豎葉。

側看奈何的茶亭，她就寂然坐在石檯的面前，和國崩朝散，淚如碎雲如碎雪，把酒問郎君的宮娥侍妃，何其相似。

可以記憶的片段，是不能長住在音樂盒的，也不能跟我手拖手，逛逛櫥窗滿眼的長街，縱使降的入暮。

香港星期六曾經是一連串，糖蓮藕一樣的記憶，有些妹妹嘲笑過我是中國人的內心，歐洲人的想法，我超喜歡胡思亂想的女孩。

糖蓮藕和糖冬瓜，是緊緊在今生纏繞著我，像一條嚼不爛的銀河系，也是在爆竹的火煙中，過年時的果盤。

不論有沒有前生，總記得年廿八，坐在一鍋油的面前，看著母親把我想像中，做得最好的油角，一個個放下去，慢慢就浮起來，像曾經覆沒了十個秋天的沉舟。

沒有再前生的倫敦了，沒有一條充滿濕氣和淚水的藍橋，因果不過是一盤沒有終點的圍棋，聽見邀舞的聲音嗎？

不論是不是真有千百度的輪迴，能在狐步舞中，把當下的感覺跳出來，真

是一種福氣。

中環萬宜大廈裏，有一個很有格調的餐廳，偌大的舞池，那時我二十七歲，她二十歲，就算不穿著舞鞋，也可以跳出在百年以前，摺在記憶深層，最漂亮的圓舞。

那時總有一個這樣的星期六。

我沒有傷逝之類的繫念，四季如風裏的空果懸掛，設我的思念，是閃爍即過的撲克，永遠選擇沉默地走進賭局，在貧窮的前一天就棄牌，在雨漏的時候，住進想像中的獨立屋，坐在根本沒有的跑車上，然後撞到卡繆種植的大樹，這樣的夭折何其傳奇。

最近沒什麼失眠的深宵，靜坐的時候反而可以傲遊，想去的地方太多了，先去中環統一碼頭吧。

幾十年前，偷偷賽車的朋友還在那裏嗎？跟他們招呼，問：可以坐在他的旁邊嗎？

記得他們說過，由這裏去石澳海灘，只需要六分鐘，哦，不過是三百秒的彈指間，比在一生的年月，數過的楓葉，摘過的雛菊更少，猶之大鯨掠過北極，是更痛快的游戈。

即使赤裸在石澳海灘的浮臺上，曬一個下午，遇上了正在遊艇上舉杯的遊客，又有何憾？

閒遊篇

沒有策騎江南時期，一路聆聽馬的低語，馬蹄逐水而奔的瀟灑路途了，羈旅只有綠色的列車，紋了向日葵的輪渡，靜寂時已到彼岸。

55

雖說食由天性，一爐一筷，請不要種下孽緣孽根。

時至今日，本人要是做個食家，雖則遠不如我家乖鼠女兒，飲遍六色之茶久矣哉，蓋自古以來，百食茶為先，食則鄙，也可自認為專家。

搞到天下大亂如水滸傳的疫情，頗有可能歸咎古靈精怪的各種野味，長白山腳游出來的鯊魚，奈何橋下，在忘川養大的龍躉，上世紀最後一隻吸血殭屍，蛻變出來的蝙蝠，諸如此類。

那年在北京，見過廚師把活活的魚頭浸熟了上檯，這條魚仍可以喃喃自語，不知是在祈禱，還是落詛咒。

當日一時火起，問這個入廚三百年的廚佬：你聽到這條魚說甚麼嗎？順手問旁邊的六扇門兄弟，借了枝五分鐘內可能走火的槍，放在檯上，準備他答不出來，就叫他放兩隻手落滾油，兩分鐘拿上來，去皮做白切肉，反正兩隻手兩隻腳，一個半月又可以長出來。

其實食野味又不是食野人，有甚麼大驚小怪？

本人有個曬晾家當，和塞滿墨汁和咖喱蟹，比蘇東坡先生更出色的小肚腩，早年做買賣，乘坐飛機和名牌七人車，穿州過七省八縣，甚麼穿山甲，食蟻獸，娃娃豬，沒有吃過？

有次經過廣東省某個鎮區，晚飯啦，隔離一檯鄉下人，恐龍哥或暴龍哥之類，上菜，一個銀盤冚上的大碟，別以為廣東人的野味夠恐怖，和我看到差得遠啦。

銀盤揭起，裏面有大堆奶白色的，會動的東西，是蟲嗎？不是不是，蟲是

雖說食由天性，一爐一筷，請不要種下孽緣孽根。

小兒科。

告訴各位，是一大堆初生，還未開眼，顫抖抖的老鼠ＢＢ，好在我素來不怕老鼠。

早很多年前，兜率天的菩薩老師，科錢餞行，羅漢宴別我這個壞學生，承諾在本人渡假期間，送我一隻怕老鼠的女兒乖鼠，和一隻懂得米芝連是甚麼的老虎娘子。

親眼看見這檯英雄食家，有男有女，八歲至八十歲，先放新鮮的蔬菜在自己的碟子上，用手用筷子，佈幾隻仍可以看見內臟，覺得感恩，有幸，尚未足月的小朋友，再在醬瓶加上食豬腸粉時的甜醬，芝麻，辣椒，以熟手捲煙的雄姿，有如各位食北京填鴨，放入口中，咬得吱吱叫，不知道兄弟妹妹，電視臺的演員主持，各大黨的政客小哥，有沒有興趣試試？

這事千真萬確，廣東人之被稱為南蠻，實在有八九成理由，親眼見過劏貓宰狗之慘，是以日後少食肉類，不過找個香噴噴的人上菜倒也yummy yummy，但現今的人類，男生自然最臭，吃不進口，女生醜的入菜不甜，漂亮的多數做了人家的娘子，算啦。

佛家說有共業，共業也者，乃多數人做出來的業力，順手推你老兄入宴席，你雖不食野味，野味也拉你共死。

口腹之業是真實的，并非佛家之言，食得太刁鑽，開了殺生之路，啟發了以後的奸商在食物鏈不揀手段，這才是所謂造孽。

這是一族一國人都無法躲得開的業報，有些朋友認為自已寃枉呀，沒有做過這類缺德缺行的業，他媽的，為甚麼要牽連受報？

我說：世上難答難解的事情很多，不懂嗎？我教你。

雖說食由天性，一爐一筷，請不要種下孽緣孽根。

56
寒對窗外愁霧，迷途掩路，元宵愧無華燈初點。

不管是否應節的寒冬，我和女兒常常在千濤之上，有妹妹問：在海水裏的感覺如何？

我說：只要你有一個怕冷的想法，那請千萬不要下水。

當年在黑龍江，策騎蹤橫商路如棋局，十二月，大雪紛飛，零下二十度，手持雨傘，大褸內只有長袂加恤衫，灑脫地巡街找尋食店，猶之偷看狐狸出浴後的頑童，他媽的，卻無半點寒冷的感覺。

都過去了，有整整四年，在香港也挨過猶之南北極速遞過來的天氣，泳手時期游冬泳，泳會的泳柵在荔枝角，全部露天，落水的一刻是最痛苦的一刻，最貼身的感覺，就是煎魚。

但上岸時有火爐在身的滿足感，回程搭巴士，故意不穿外套，左顧右盼，各路乘客大姐大哥羨慕的眼光，可比拿了今日的金像獎。

那時年，香港冬天經常六七度，但冷得乾爽，不比現在的冬天，是黐身的寒氣，像極了一個很討厭的舊日情人。

都過去了，前八年在張家口看項目，順便也去了秦皇島，也是冰天雪地，印象最深是去了雁門關，門外栓着隻供遊客騎上去，映張相片的駱駝，非常慘兮兮。又想起在泰國蘇梅島海灘，遇見可憐可愛可口的女孩，準備買她回家，替大哥我，日常校對要出版的詩集。

眼淚幾乎流下來。

旁邊的娘子一巴掌提醒，在香港可以養這類的動物嗎？

如果放生，等於讓大陸的食客，有個食野味的機會，在這裏最多是凍死，

或者被幾百斤的遊客騎死！

所以算啦，善財難救苦命駱駝，窮人家的女孩也是一樣。

最近一次隆冬在天津，雲下佈遍雪雨，風砂蔽路，若有行人，猶之冷霧下的枯草，那天晚上，大哥我輕衣短裘，是滿座諸侯的座中客，大小官吏坐得齊齊整整，窗外北風捲滿長街雪巷，偌大的飯局，滿堂暖如朝陽初熱。

臺上的京劇領班，虛跪一揖，問首席主人，要聽甚麼曲目？

於是上馬橫刀，嬌柔拾鐲，秋波顧盼嫣然，是大哥最喜歡的京劇，突然無端端地想起晚年的曹雪芹先生，迫離紅瓦入蓬屋，他走出人間世的當晚，也應是隆冬風雪，雨鎖藍關的時候吧？

寒門難聆半日雪，不想元宵近紅樓。

唉，好在都過去了！

57

并無過盡的千帆，請划一艇一舟一嬋娟，一願已足。

我從來沒忌諱，生生死死不分時節，興之所至，任何時節，都可以嘻嘻哈哈，去辦喜事或白事。

本來就無生死之可憂，即使本人一向怕死，但釋迦和龍樹老師都清楚講明，學佛之人，首要是不思生不問死，蓋命途無常亦無斷，好歹立志下一生玩得更放一點，這才是意義所在。

非常諷刺的是航空業，兩年來頹牆敗簷，以前並無頗多飛天的意外，今日如何？

日後我和娘子，也許仍然朝往蓬萊晚在家，她比我更懶埋生死，回歸森林也好，返上天庭繼續做她的廚娘也好，不枉人間走幾回。

那些年有間航空公司，航向泰國的班機，經常出現意外，很多經常四海為家的朋友，打死也不願坐，對不起，我們反而是常客，一直到這間公司，取消到曼谷的航線為止。

其實穿旗袍的空中服務員很耐看，臺灣女孩頗有書卷味，好像紅樓夢的大丫頭，隨時隨地都可以低吟幾句不俗氣的詩句，遠比大陸的空姐優雅多了。

好在大哥我也福氣得很，也有幾個像襲人，晴雯的臺灣妹妹。

至於十二釵，王熙鳳肯定不敢要的，史湘雲，妙玉，可以可以，沏茶論葉，閒談應說禪初展，這就請下面的拜把兄弟，查查妙玉的落腳處，帶備最好的新茶，蹤是天不寒隆，也可遙借一瓢南京雪，邀飲三更後的時分。

去過泰國蘇梅島嗎？沙細水清，三十呎深還看得見海底，岸邊的燈光一直透入海床深處，彷彿在彩色的空氣游泳，這種感受，值得你老哥假死幾次，如果你已經帶了女朋友，趁機順便求婚，看來十拿九穩，否則把這個女友一腳踢開算啦，沒有浪漫氣質的女孩，包保日後沒有生活情趣，他媽的，煲湯也不帶半點甜味！

列入明天甦醒後的旅程吧，保險絕對不讓馬爾代夫之行更出色。

疫情期中，是不是人頹懶作夢？

千萬不要不要，記得我在打第二針的時候，一面聯想著黃昏，不熨熱的山邊虹彩，似乎它一直撫摸著我行將針痛的肩膀，於是眼淚才忍住流不出來。

請記得開關時，乘坐第一班航機去吧。

蘇梅島離曼谷不遠，且忘記或有意外的感覺啦，這兩年沒有甚麼人潛水，連海底也可能植滿初生的珊瑚了。

再想想帶着深愛的女孩，和滿懷的惦念，下一年情人節，實在應該有一個忘記生死的地方！

58

鐘鳴四更，厭聽元宵將逝，屋如一粟僅堪養寒，頓覺虎年難捨。

遙遠的妹妹在whatsapp問大哥我：香港今年冷得死人嗎？

早些時，幾乎要寫好遺書，分送各路妹妹，標明日期，請各路妹妹，好歹在大哥凍僵在泳池之後，在我的葬禮上焚香一拜。

過去幾十年霧去雲來，今時今日恐怕仍然雲來霧去，但又未至於如夢如幻的生活，連禪宗行人也拒絕相信，否則等於枉費多生。

如夢如幻是層次較次的修行人說的，明明發生過的歲月，明明戴了兩年臭不可聞的口罩，明明去了就近的撿疫中心，探探鼻和口，明明發生了戰爭。

大哥有一段段，難以用粉擦抹乾淨的擊浪季節，這當然不是一杯咖啡加兩隻煎蛋的夢幻。為了遲到十五分鐘就變成失戀，為了表示對女生表示忠貞，可以由十五樓跳落下面計程車的車頂，真有這種事嗎？

有呀，世間的所謂情，不過是等著煮乾的半壺水，今世火猛些，慢慢煮，沏茶沖咖啡，座熱日本酒，花樣多些，蓋興乎來。

這是不實在，並非夢幻。

常常說泰國很有點歐洲，特別是英國情懷，起初是大哥我自己感覺，後來連女兒乖鼠也這樣說，這解釋了六七十後的香港男生女生，只要有些少假期，為食，為了減壓，為轉轉心情，方便得很，去咬咬泰國菜吧。

在金魚缸中揀隻果子狸，錦鯉或者海星斑也不錯呀，唱唱十八摸，一呀摸，摸上狐狸姐姐的袂頭帶，二呀摸，摸上老虎的大手印，三呀摸……。

閒些時，和一些決定獨身的朋友，用言語去探訪另一蟲洞空間。

鐘鳴四更，厭聽元宵將逝，屋如一粟僅堪養寒，頓覺虎年難捨。

未被老虎咬死，自覺獨自生活是大丈夫事，這種種形式不同的朋友，回憶以往寡情薄倖，譬如在甚麼胡同甚麼院，睡了一夕濕鋪出來後，男歡女愛，儘付滿嘴啤酒味道的笑談中。

回想那時年紀少，妳愛談天我愛笑，不知怎樣，在妳的床上睡著了，問妳的嫁粧有多少？

彼此撫掌大笑，年晚時分，把女生迅速變成女友，當然是比坐在媽媽旁邊，看著炸油角煎堆更溫馨的事蹟。

外面有些街道，大紅燈籠魚貫列，比江南彷彿更可親，想起有年年宵，在北京臥聽了一夕更鼓，翌日晨早起床，有位伴我渡過年關的封疆大史，大年初一，和我吃潤之先生和左宗棠，曾國藩的家鄉菜，車如流水馬如龍。

不是如夢如幻，而是萬般俱不實在，實在的只有一句：

雖然醒來一覺已元宵，捧著糖心湯圓，還得說一聲：恭喜發財。

59

歲月如長長的油條，不同味道的季節，雨後是我喜歡的豆漿。

在四川成都，那些年，十月中的早晨，那邊的夥伴常帶我出去，在路邊的店鋪，喝熱燙的豆漿，有鹹，和一個小點的味道的甜。

幾十年後在臺北，近旺旺酒店的小巷，早晨喝豆漿粢飯的小店多著呢，煎蛋和油條都藏在裏頭的粢飯，一咬下去，甚麼隔宿的疲累都走了。

有段時時，還認識了兩三個小店的老人家，一次還特別給我們做了兩個粢飯，裏面放的煎蛋煎得剛好，在飛機午餐的時候拿出來，咬下去，蛋黃才穿了，流入了軟軟的飯團，彷彿還有我的眼淚吧，明明就沒有鄉愁呀，也許沒有鄉愁才真值得流淚，真怪。

秋天霜路潮濕，一直透入足掌，和沒有甚麼掌紋的地方，我想。

豆漿不甜，帶一點酸澀的味道，朋友問：要放些糖嗎？我搖頭。

鄉土的豆漿就該這樣喝，雖然成都也不是我的故鄉。

四川的山和樹總是看來如此親近，猶之家人的手掌，親炙每在黃昏睡前，稍後我有一段長年喝豆漿的歲月，不過多加了一點糖，有時還是咖啡糖。

在臺北大安區，某些早餐吃豆漿油條的小食店，一問，真是上海來的人家，鄉愁？早拋棄在耳後了。

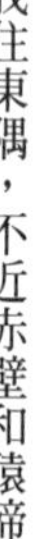

60

商路豈只千條，望盡處處橋邊，至死不信彩虹將散。

很奇怪，大哥我是廣東人，但兩隻腳一對耳朵，偏偏是向外跑，奸商布衣時期，第一個名利場是在四川成都，和辣妹子有緣起這回事嗎？沒有沒有，很乖，麻婆豆腐撈白飯，正路乖人的食法，第二個驛站是哈爾濱，之後是北京和大連。

耳朵飄得更遠，論河水鄉情，應該喜歡聽粵劇，不過對於大哥我，普通普通。

本人很喜歡聽京劇，說不出任何理由，也聽不懂京劇的曲詞，花不溜秋，

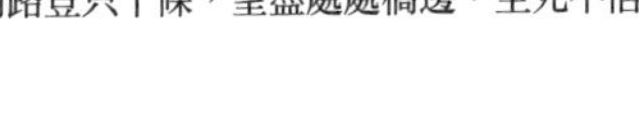

只是一聞鑼敲小鼓，心馬上就活了。

少爺仔時期，名符其實是廣州的西關大少，老爹和商家佬在荔灣區，搞了個消遣遊樂的一隅，很別緻的名字，海角紅樓。

湖裏山寨，彩蓬的搖艇，俏船夫濶人客，也聽聽各路的歌曲，也有京劇的小調，其中只有京劇和兩三首粵曲聽得進耳，山伯臨終和再拆長亭柳。

兩三年前，在天子的門外門，諸侯席上，聽了來自北京班子的京劇，心一酸，想起這個放得很深處的片段，也直接就記得章詒和姐姐的一本書：伶人往事。

突然想起京劇裏很多翻騰的大角兒，他們不也是另一類的貴族嗎？

姑且學學禁宮觀戲臺下面，準備點劇的王侯，把牌子一翻，說：就這本書吧。

61

滿眼荒唐傷心事，蹤然運起，傷心傷盡，壯士無顏。

清代乾隆年代以次，有所謂十大鏢局，兩大名牌，興隆和會友鏢局。

前者是創建近代鏢局的好漢達人，坐局者神拳無敵，但不是碧血劍那個歸辛樹。

姓張，黑五，山西人。

可能在海灘經年曬太陽，一身健康膚色，又在家排第五，甚至師祖是否華山派的神拳無敵歸辛樹，之後繼承了這個名號，也說不定。

同時有個大名傳世的高手：大刀王五。

也是鏢局中人，維新革命份子，死好命，老虔婆不死，光緒皇可以不死，

其他革命份子死得不能再死，走得快好世界，大刀縮水變成彈簧刀，逃出了天羅地網。

鏢局是服務性行業，中國城多地大，乃是十個銀河系的面積，官家地方政府通風報訊，文件特務往來，自有各地的驛站環頭，安排大小貢品寶貝，速遞如火，常在古裝劇集或歷史小說看到甚麼：三百里加急公文，是快騎如順豐速遞，自不然也有歎慢板的準時到達，黑金或夏草冬蟲，地方上繳的貴重物品，之類等等。

官家如此，民間何嘗不然，可能需求更多更雜，鏢局是後來公司稱號，那時可能是：標局。

宋代的大淫棍西門慶，家族眾多行業，其中便有標運這一。

水滸傳十六回，吳用智取生辰綱，主角是倒霉透頂，橋上賣刀的青面獸楊志哥哥，之後做了官差，他負責押運的官家財物，被最拿手巧取豪奪，不揀手段，沒有人性的梁山好漢一聲謝謝，於是送給朝中奸佬蔡京的大禮，包括生日蛋糕，西餅，統統做了押寨貨物，楊志哥哥順勢也變成最慘情，迫上了梁山的青面大盜。

本人認識的兄弟，北京官兒，祖上在北宋，本來是押運官家銀両貨物的武人，巧得不能再巧，一次押運，似足楊志哥哥，不同之處，是被自家貪官打個起手，偷食了兩三車貨物，官場自古皆黑暗，屈得就屈，打了兩百軍棍，在臉上刺了兩行粗口式的金印，發配到不是賣臘鴨臘味那個滄州。

痛定自然思痛，又不想做梁山的一百零九好漢，於是出州後，審時度勢，不如開標局。

有宋一代，輕武重文，初期的軍佬漸漸投閒置散，慘過每日一粥一麵，有些做了有錢人家的護院打手，強搶良家靚女，妓院保安之類。

滿眼荒唐傷心事，蹤然運起，傷心傷盡，壯士無顏。

真正的高手散打王，比大官更有威勢的舊日軍佬，索性找個山頭水寨，做了寨主幫主，雖說是大盜級數，也剩下多少良心佛性，在山寨門口扯枝大旗，上面是：替地行道。

標局和他們有甚麼關係？

當然有，關係大之極矣，可以說，沒有山寨，便沒有前期的標局。

等於沒有可愛可口的妖精，便沒有西遊記的唐老三。

62

晨來香片晏牡丹，入午祁門暮烏龍，飯後夜暗逢普洱，三杯黃湯待黎明。

名牌巨著紅樓夢，大哥我懂得寫字之時，先讀了一次，一個疑團是，為什麼贛居居的少爺，不能娶黛玉姐姐？

到現在還是似懂非懂，但凡是後續而非原作者的經典之書，算啦，真是狗尾之貂，遠望可以，讀之惆悵，不如以自己的想像延續一百幾十回，寶玉哥哥參透禪機，穿越蟲洞，大鬧離恨之天，眾裏尋她億萬度，感動到呢。

尋她？也不一定是尋黛玉，情種變了風流種，尋遍十二大丫頭都可以。

到了做職業編劇，幾個電視臺和電影都爭著拍紅樓夢，和幾個超級文化

晨來香片晏牡丹，入午祁門暮烏龍，飯後夜暗逢普洱，三杯黃湯待黎明。

人，自覺得是紅學專家的監製導演，圍茶共話，但總是忽略了一個在大哥我意識中，擱淺久久的人物。

到了茶涼人將散，如夢初覺，這就想起十二金釵裏的妙玉姐姐。她是茶痴，又是修行人，但不知她修甚麼宗，和茶道打上交情，又是獨居修行，可以假設她在修禪宗。

禪宗後分五派，其實并無特別法門可修，不會在寺內放幾個甚麼佛，甚麼菩薩，唸佛一聲，漱口三日。

蓋後來的禪宗法師，看風順勢，排在傳統佛門大乘行列，認為眾生不是佛，但有佛性，既然如此，大家與佛平等，我不希罕你的加持灌頂，悟道是我的力量，心外無法，有錢有法，涅槃是空的，香油箱不能是空的。

達摩老師和禪宗二十八祖，裏面幾個祖師爺，包括龍樹老師，同樣和妙玉姐姐死得不清不楚。

也許中國人的茶禪之道是寧靜致遠，但禪宗論點，不全在日日是好日，紅樓夢的妙玉姐姐，結局悲慘嗎？

高鶚先生的妙玉收場，其實是幾個專家構思，可能如此，其中的一個，大哥我起碼看過十個八個，有些很戲劇化，武打神尼，壯烈殉情，因為她是寶玉哥哥的鐵粉知己。

有些朋友問大哥：妙玉的禪，是不是修得不好？

冷傲，孤高自賞到了極點，不是南極就是北極，像一個禪法已悟的人嗎？修禪不是等於修放飛劍，元神出竅，并無所謂悟不悟，傲不傲，請看看景德傳燈録有幾個冷暖不分的禪師，一大堆猜謎遊戲式的金句，何家烏龜何家拉，你說他們悟了固然可以，悟條鐵也可以，反正見性如食糖，食甚麼糖？恕不奉陪，但肯定不會是薄荷糖。

晨來香片晏牡丹，入午祁門暮烏龍，飯後夜暗逢普洱，三杯黃湯待黎明。

即使悟了又如何？你老哥以為從此順風順水，再無波浪，靜如東去的大江？錯了，大江雖靜，四季仍時有颱風滾雷，不要說世外的無間，世內也有突如其來的無間。

姑且把禪當作不同的茶梅吧，甘澀甜滑惟有自知，禪的境界，應該是你老兄立即就悟出的境界，當下成佛啦，他媽的，佛也不過是無事的凡夫。

客官，還是喝杯茶最實際。

63

說盡無非星辰兜轉，亂雲過後，恍如百川歸墟。

八十年代，大哥我在江南，商路揮袖風流，與王侯二三代，除了日午開會拍檯拍櫈，寸金不讓，暮後一二更，自是叫兄言弟，貓笑兮兮，奸過董卓劉備。

朝上一品官，內中才逼蘇軾，柳宗元，筆外有筆的文采中人多得很，檯面一枝筆計算花白的銀両，內心一筆也有真材實料，非尋常的及第粥貪官可比。香港文化界的現代文筆底子，不可能比他們高幾班，更莫說傳統的文學史材，屢世見聞，算罷啦。

那年在北京，天子腳下，認識的六扇門和外交部，其中一兩個，是大哥我

後來可以換帖的拜把兄弟，還送我十本八本琉璃廠外買不到的好書。

有位終日笑兮兮的好官，乖官，從一品的大臣，他的家族在清朝咸豐年間，也做些又不算邪門的偏門的大生意，在風月場所，開了十間八間甚麼敍春院，短春樓之類，既是兄弟，他也不諱言，跟大哥我說了極多不風不雅的怪事，假若大哥我肯出書成輯，擔保在書展排足七天長龍。

他說風月樓層，自然也講級數，頂尖的色相場所，到來貴客，不是像電影裏的鹹蛋嫖客，衰過侵華的日本軍佬，而院內的招牌，也不是紅牌狐狸打頭陣，風月行家比拼，是比三藝，曰之：茶藝，膳藝，女藝。

女藝屬五X級，不能在這裏寫，一寫驚天動地，特別是由大哥我來執筆，他媽的，甚麼蒲團甚麼和尚，金瓶菊之類，那能相比。

膳藝是指菜肴，各位以為膳食就代表了飯和菜嗎？

錯啦，膳字大有來頭，是來自唐朝穆宗年代，天下六大廚娘之首，膳祖姐姐。

中國美食因她而廣傳，非常巴之閉。

但廚房也不是大哥我可以隨便出入的範疇，家中米芝連娘子，一看見我擅入廚房禁地，馬上叫助手印尼姐姐大棍打出，所以也不敢亂說。

另一個很談得靠譜的官兒，縣中一把手，常和大哥去咬狗不理包子，也是惟一不迫我酒飲千杯，醉後瞓花街的君子。

他給我看家中族譜，最早源自宋朝開國，祖上是軍佬，可能是趙匡胤的貼身軍團成員之一，本來應該是顯赫人物，但趙先生可是短命的皇帝，擺明是被他的好兄弟一斧了帳。

肥豬淫棍，賊頭皮的趙光義上位之後，軍團自然散了板，有些是連姓也改成俗家姓。

這個官兒兄弟和我同姓，十幾代都離不開一個字：武。

我向他提起，清朝年間，有個武人開了第一間鏢局，傳說是歷史上最先的保鏢公司。

他馬上說：其實不然，保鏢業早在宋初年間已經開始，做的是保人財物，穿山過嶺，不避猩猩的大生意。

上兩篇也寫過，清朝第一間鏢局的創辦人姓張，山西人。

我這個官兒兄弟也姓張，山西人。

叨叨光，本人來自廣東，上五六代是賣馬的山西人，也未可定。

故舊家族，就有這種傳奇色彩的淵源，巧得不能有巧的際遇，在我的一生，也等於一袋琉璃彈子，湊巧換了隔座官家的珍珠玉石，不算什麼。

64

春愁不記昨宵夢，江南多短巷，是否仍然花掩長街？

江南多俊彥，以前看線裝書，歷史和武俠小說，總會人未到而先以神遊，和一眾書裏的漂亮女生打個招呼，哈妳老友。

即使天子腳下的北京，較遙遠的大連，哈爾濱，南京，何嘗沒有行止斯文的君子？

早年本人在大陸做買賣，後期在較近香港的蘇杭遊山賞狐，經常和杭州的大學生打網球，閒時吹水咬飯。

不錯呀，有板有眼，很有陽光海灘氣息，比香港的大學生更有境界，單是活力方面已經比下去，所以，人頭擔保，也同意娘子所言，一籮籮墨泥殼的皮蛋，豈無糖心靚蛋？

說起紅心皮蛋，半秒鐘後想起成都的東風路，兩三家小店的皮蛋一切開，驚豔的顏色，是和白飯三碗五分鐘吃光的境界。

和店內的辣妹小娘，口痕痕雕些花，也是記憶中的甜品芝士蛋糕。

香港人亦不必自欺欺人，以為曾經紳士永遠紳士，我呸。

本人長期是泰國的寓公，耽了幾十年，看盡有些港客的粗鄙行為，爛仔口面，衣着低痞。

有次見過有些表面美少女的香港遊客，在五星級酒店內，為一杯水，罵得餐廳的待應部長狗血淋頭，丟盡香港人的面子，我們在旁邊尷尬到不認是香港人。

他媽的，想到如果在飛機上遇到這些賤人，找個機會淋杯咖啡下去，反正隨行有兩個罵人可以罵得很盡的女友，好男不與女鬥，由女人出口最好！

而且大陸也不是逢官必貪，相反好官亦多，你老弟肯讀讀歷史書籍，或傳記式的小說，自然知道中國幾千年以來的收錢傳統文化，反貪的難度難到甚麼程度，但也不要像摸象者言，摸到象的pat-pat就以為是一隻象。

在航班上看到一個香港的所謂官兒，為一件小事，大罵本人的網球學生空姐。

我走過去，先給他我的名片，說：請給我你的姓名，肯定在北京中聯辦告你亂發官威，你也不必客氣，派爪牙找我出氣，我等你。

結果是，這個間中也上上電視被訪問的大官，屁也不敢放。

十幾廿年認識過的大官，由一二品的市長省長，三四品以下的縣長，書記，區長還少得去那裏，大多數人情味和文化水準都入型入格。

印象最深的是在哈爾濱，在意大利回來的市長，剛入中年滿面帶笑的仁兄，英語交流，呱呱叫，不得了。

再偏遠地區的城市，也有浸過洋水回來的高官，最懷念就是這位市長，今天依然是好兄弟。

中國官場中人，也不儘是各位哥哥想像中的大花面！

在上海，青海，南京也有幾位文化底子很好的市長朋友，會跟我談臺灣的現代詩，周夢蝶，鄭愁予，楊牧，嚇了我一跳。

城多如一千個崑崙山的橫嶺流雲，有人的地方就有斯文爾雅，正派敦厚的中國人。

65 慷當以慨，去日甚多，何妨邀吃一碗雲吞麵，不飲殘酒與例湯。

人在馬尼拉，濶別了幾十年的城市，對上一次，已經是菲律賓的傳奇人物，埃斯特拉達身為副總統的時候，邀請了幾香港商人過去談項目，大哥是其中之一。

說他傳奇，是這位古惑政客，是電影演員出身，專演曹達華式的豬型探長，板槍快如蒼蠅追吃嬋娟面上唇彩的大俠，參選總統自然佔盡優勢，大俠成了總統，例必不想為民請命，迅即變成了大貪。

於是他的影迷，羣起而反他，下了臺，還被判了監禁，坐進了大牢。

更更傳奇的是，早幾年他以馬尼拉市長的身份，訪問香港，哈你老友，是

真神阿拉和耶和華，幾萬年也想不通的邏輯。

由副總統，總統，犯人，又回復了尊貴的市長身份，甚麼人來寫這個劇本？

這次去菲律賓，主題是參加封池時期，偷雞水上飄同盟，漂亮律師泳友的婚禮。

也是恰當緣起，順路探訪娘子的親人，雖是娘家，但和大哥很有面緣，還了塵封五十年的心願。

馬尼拉像天下的任何城市，都有一條短或長的街：唐人街。

馬尼拉唐人街，有間無人不曉的麵家：嶺南。

娘子的親人，就是在麵家主政的大家姐，我們叫她：舅母。

剛剛上場的新總統，是菲律賓最風頭火勢時期，強人馬可斯的兒子小馬可斯。

八十年代，大哥把商場視為遊樂場的開始，國內第一個是四川成都，國外是這裏，菲律賓。

那年有次有日，在馬尼拉開會，難得有個空檔，出來隨街兜兜轉轉，女孩還很耐看，不壞。

左眼眼右欣賞，很有點正德到了梅龍鎮的派頭，良久良久，突然餓到由前心到了後心，他媽的，鳳姐不找了，要找間食店。

好呀，去唐人街，大爺喜歡食麵，而且舅母的名字，也有個鳳字。

好在大哥從來不喜歡，癲癲地，把自己封為大將軍的正德皇帝。

到了唐人街惟一的麵家，也找到菲律賓惟一的親不親的家人，還不算老，身材仍然俏麗的舅母，她的第一句說話：餓啦，給你做碗雲吞麵好嗎？

慷當以慨，去日甚多，何妨邀吃一碗雲吞麵，不飲殘酒與例湯。

溫情是頑皮的猴子，來去無因，當下就有點淚在瞳孔的感覺。

麵是壹大碗地來，雲吞比我的拳頭小一點，不妨想像麵上有五個像ＢＢ拳頭的肉丸，這碗麵大到甚麼樣子？

味道不能跟香港的名家比較，但任何香港的專門店，都做不出這碗唐人街的雲吞麵，大哥食出了親情的真正味道。

舅母主政這間位在唐人街的麵店，菲律賓無人不曉，是：嶺南麵家。

去年十二月下旬，來到菲律賓的第一日，就看見舅母，麵家早賣了盤，過去了五十年就等於五十個夏天的滾雷，跑得比挾著尾巴的獵犬更快。

擁抱著纖小瘦弱的舅母，想起當年只有巨人才可以吃得光的雲吞大麵。留在瞳孔那滴淚水，終於慢慢地流入了心內。

66

休道舉杯邀飲好說話，然而方言誤我，酒盡茶涼兩不知。

早年在曼谷和馬來西亞公幹，常常遇到來自大陸的中國人和臺灣人，但你大哥很容易分辨出，是來自大陸或臺灣？

口音和內涵，裝也裝不出來。

後者的語音，聽得舒服多了，軟軟爽爽的是臺灣來客，特別是狐狸姐姐，入耳如棉花之糖。

本人一開始就討厭說普通話，編劇時期在新加坡電視臺，那裏標明只准說母語，是指英文和普通話。

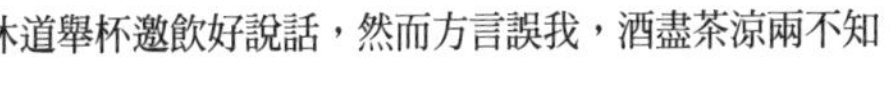

除了英文和廣東話，兩年多，本人普通話一句都不說。

到了闖江湖揚名立萬，在大江南北做所謂大生意，開會前通知對方，請找個英語翻譯過來，否則會不開，生意做不做由你。

很奇怪，相學老師說過：人行運時馬走驃。

意思是當你在運氣好的時期，神鬼不侵，甚麼事和人都怕你七八分，本人這種不按牌理出牌，話知你死的頑童作風，大大話話，橫行了差不多十五六年，任何級數的人物和風險都靠邊站！

那時候在北京和哈爾濱，我的祕書小姐，都是從大學挖過來的外語系教授，勁得很，也頗漂亮，乖乖。

放心，那時候本人很講究溝女道德，對自己公司的狐狸姐姐，不摸就不摸，嗚啦啦，老闆看秘書，口水流入肺的感覺，本人曾經擁有過。

在大陸時期是否從不說普通話？也并非全然，最經典的是在某一年，公司投資的酒店奠基典禮，身為寨主，不能不上臺，對政府來的甚麼首長酋長說幾句場面話，英語當然不成體統，只有硬着頭皮，說一堆七成廣東話加三成普通話，胡言亂語，一頭大汗，薛丁山遇上樊梨花和媽媽，臺上羅通盤腸大戰，臺下賣牛雜及鹵味，來賓不敢笑，來觀禮的香港記者笑得腸穿肚爛！

明朝的報紙，還讚我說得比小平同志的廣東話更好。

最近五六年，常常在臺灣，文人教授的雅集，無日無之，他媽的，就是風流隨運走，逝如一壺滾茶變凍，狐狸盡如躲貓貓。

實不相瞞，最漂亮的只是編輯部的妹妹。

識多了沿海地方來的朋友，他們的普通話倒也不刺耳，本人被迫之下，居然大有起色，倒也說得有點門檻，也證實了一件事，文化的確可以改寫一個人

休道舉杯邀飲好說話，然而方言誤我，酒盡茶涼兩不知。

的內涵。

不論你大爺說甚麼城市的方言，是土包還是有層次境界的來客，一敍便知。

67 高雄又雨，臺中亦霧，大江南北，豈無後來的東坡，邀飲黃河。

香港現在是落單的城市吧？

罵天固然無門，伸手并無可攀的橫柱，大哥和娘子，以前隔一兩個月，秋前秋後只要無心積愁，靜靜地走出去，到臺灣的航班距離一個半小時，下望熟悉的地方，戰鬥仍未到黃昏，胸臆所思所念，真等於灰色的雲海。

有次去了高雄，頗像到了胡志明市，竟然又雨，坐在頗舊的咖啡店裏，那時大哥我穿短褲，感覺冷冷的雨哦。

端咖啡過來的小妹妹，在我身邊張開了一把畫滿花瓣的長傘，真好。

長街小巷，故人故友，不在城中也不在霧中。

這裏有我喜歡，很濃膩肉香飯香的家店吧，臺灣和大江南北相比，後者迂迴萬轉，燈光闌珊如拍岸後的千潯。

臺北臺南是提燈踏水，踢躂小河兩岸的女孩，高雄像甚麼？是一堆素衣百姓，在曙色徘徊，看著遠遠山澗，山邊的楓葉暫未紅透，這就齊齊等待一個撕開禮物包裝的季節。

臺北是仍未完全老去的祖母呀。

有時睡入深時，總記得寫詩的資源，是來自祖母的叮嚀，叮嚀是不會乾涸的長河，一下網就網起千千個廚煙昇起的家園。

八十年代我還在北京大連，京華風采正盛，但有一個玲瓏的心結，老想著回去看看從未謀面，從未奉茶的祖母，一直到另一個年代，一揚手就喜歡在臺

北的街頭，喝濃洌的烏龍，想想記憶中的朋友，瘂弦，覃子豪和周夢蝶，當然還有鄭愁予，洛夫的漂木，一直放在家中書架右邊，第一行第三本，但今年秋前，轉送給一個詩寫得很好的妹妹。

在臺北信義區街頭，數女生的走過，也是一個享受呀，和生意人談項目，也是後半生玩得出色的遊戲呢，稍後在新北市的網球場上，我扮演最好的四分衛，可以及時捕捉綠色的網球。

一些妹妹說我是最奇怪的生意人，沒有一丁點正經，在有情世間，我渡過的季節，是在湖面岸上，練習用四五公斤的石頭打水漂。

我對一眾妹妹說：對呀，到了妳以為歲月已經磨傷了妳的輪廓，反而可以把季節從筋骨拉出，從頭髮的灰黑色拉出。

我常對女兒乖鼠說，這就是終於笑到最後的原因，燈盞的燃油，是應該在入暮之後，才大量加進去的，譬如朝露。

68

從來細雨浥輕塵，並未有七分惆悵，陽關走來不遠路，悔把今人換舊人。

閒足兩年，半悶半無奈，剛好是一合之相，沒有通天的樓梯，拒絕幫上天的諸神佈雨，也容易找到藉口。

唉，食遍了娘子米芝蓮廚房的菜單，仍然掛念泰國的咖喱蟹，粉絲豆腐肉丸湯，辣椒伴生蝦，馬來西亞的榴連，排得特別整齊的走地雞，一籮籮一碟碟的心頭物，不愛嬋娟愛佳肴，真是大狗熊本色。

記得下午坐在放滿桔子和榴連的竹棚，出了一身汗飲的一個椰青，彷彿所有在仲夏發生過的故事，餘韻餘香，溫柔小手掠過炙熱的面頰，五十年前去山頂看霧去，漸濕的感覺，也許還停留半塞的心臟旁邊呢。

一百幾十年，大哥我仍然不喜歡去食一條新鮮的蒸魚，特別是頭尾相連的魚，一看了就不想下筷，也不吃魚子醬和海膽，我常常跟娘子和女兒乖鼠說：呸，這不過是上流的豬食物。

她們在廚房拿最大的菜刀，嚇得大哥我跑出中環，一年到頭，就這樣開心地渡過。

在回憶中的派對，旋轉又旋轉的圓舞，揚起的裙裾，是滿街偶然封塵的小巷，一次圓舞是一次更新輪迴的小刧，彷彿在音樂停頓的時候，聽到一把像小提琴的女聲：吃一碗擔擔麵吧。

仍舊想念著成都，向我邀飲的笑面，不停佈菜的大官兒，直到初更。

然後，就突然甦醒了，忘記又重拾的歲月如許，一個個設計好的音樂盒內的平湖秋深。

女兒乖鼠，到今日也學不會用甚麼容器，盛載我一直摺疊在書縫詩隙的歌曲，她們這一代人離開豎琴小號的日子太遠了，一桁獨木舟，只能向好望角揚巾揮手，另一隻手并不是拿著紅如醉面的汾酒。

鞋子沒有華山的泥，嵩山的落葉，黃山帶著土味的雨，是從來走不進香港人的胸臆的，即使江南又雨。

有時操水回家，未叩門就知道今晚的香氣，那是臺中新竹的粉絲香味，有一年，隔月就在臺北吃濃味的滷肉飯，四川那個胖子廚師，做出來的螞蟻上樹最精緻的了，他們真是從我寫的詩集爬出來的嗎？

娘子說：這個廚師真不賴。

記得她那年在四川去看大佛，傍晚在東風路，和我吃紅燒里脊的日子，我們依然年青，我喜歡談天她會笑，到老年亦如此。

還會繼續躭在靜止的歲月裏面嗎？譬如是一羣羣失去行腳的麻雀，暫時蹲坐在窗外的天線，無霎時的風供我們起飛，無固定的驛站，遠處陽關沒有揚袖的熟人，我們和候鳥一樣，等待另一個輪迴的開始。

作者簡介

著名資深現代詩人，起自六七十年代，在現代文學，現代詩，短篇小說，散文方面，固有所長盛譽，詩作甚豐，屢在臺灣的《藍星詩刊》、《現代詩》、《創世紀》以及馬來西亞的《蕉風》發表。

在香港亦是著名的《文藝月刊》和《軌跡月刊》的編輯委員及執行編輯。此外亦擅長運動，曾經是香港網球，香港游泳公開賽的球手及泳手，亦為網球和游泳的知名教練。

八十年代後從商，亦未忘記運動和創作，在香港報章副刊，每日一詩，十多年從未間斷，發表超過四千首現代詩，相信極難有企及的詩人。

一度是大專院校的客座講師，教授現代詩，佛經和劇本創作。

同時研究佛家的有宗空宗，在商途飲馬，時跟大德高僧闊論止觀佛相。

文化生活叢書・詩文叢集 1301CC2

我住東隅，不近赤壁和猿啼

作　　者 草　川
責任編輯 林涵瑋

發 行 人 林慶彰
總 經 理 梁錦興
總 編 輯 張晏瑞
編 輯 所 萬卷樓圖書(股)公司
臺北市羅斯福路二段 41 號 6 樓之 3
電話 (02)23216565
傳真 (02)23218698

發　　行 萬卷樓圖書(股)公司
臺北市羅斯福路二段 41 號 6 樓之 3
電話 (02)23216565
傳真 (02)23218698
電郵 SERVICE@WANJUAN.COM.TW
香港經銷
香港聯合書刊物流有限公司
電話 (852)21502100
傳真 (852)23560735

ISBN 978-986-478-929-0
2024 年 6 月初版
定價：新臺幣 660 元

如何購買本書：
1. 劃撥購書，請透過以下帳號
帳號：15624015
戶名：萬卷樓圖書股份有限公司
2. 轉帳購書，請透過以下帳戶
合作金庫銀行 古亭分行
戶名：萬卷樓圖書股份有限公司
帳號：0877717092596
3. 網路購書，請透過萬卷樓網站
網址 WWW.WANJUAN.COM.TW
大量購書，請直接聯繫，將有專人為您服務。(02)23216565 分機 610

如有缺頁、破損或裝訂錯誤，請寄回更換

國家圖書館出版品預行編目資料

我住東隅,不近赤壁和猿啼 / 草川著. -- 初版. -- 臺北市 : 萬卷樓圖書股份有限公司, 2024.06
面 ; 公分. -- (文化生活叢書. 詩文叢集 ; 1301CC2)
ISBN 978-986-478-929-0(精裝)

855　　112013528